Los antiguos mensajes del profeta Isaías en verdades contemporáneas

Los antiguos mensajes del profeta Isaías en verdades contemporáneas

"Sesenta y nueve meditaciones matutinas"

Libro Tres

Eleazar Barajas

Número de Control de la Biblioteca del Congreso de EE. UU.:   2016900892
ISBN: Tapa Blanda   978-1-5065-0660-9
               Libro Electrónico   978-1-5065-1150-4

Información de la imprenta disponible en la última página.

Fecha de revisión: 18/01/2016

Para realizar pedidos de este libro, contacte con:
Palibrio
1663 Liberty Drive, Suite 200
Bloomington, IN 47403
Gratis desde EE. UU. al 877.407.5847
Gratis desde México al 01.800.288.2243
Gratis desde España al 900.866.949
Desde otro país al +1.812.671.9757
Fax: 01.812.355.1576
ventas@palibrio.com
705549

ÍNDICE

Introducción

El famoso conferencista de *Superación Personal*, Napoleón Hill, ha dicho que: "Todo lo que el hombre crea o adquiere, comienza en las formas de DESEO, el deseo es llevado en la primera vuelta de su viaje,..."[1], y me alegra que en esta tercera serie de viajes espirituales hayas tenido el deseo de leer este *Tercer Libro de los Mensajes del Profeta Isaías*. Recuerda que son Meditaciones Matutinas y que mi intención no es tanto presentarte una exegesis del libro de Isaías, o una exposición homilética, ni mucho menos un profundo estudio al estilo de un Compendio Teológico. Son Meditaciones con el propósito de modificar tu vida cristiana; con la idea de que cada mañana tengas un encuentro personal con Dios y, por supuesto, de que reflexiones en cuanto a tu vida como cristiano, a tu salvación en Cristo Jesús y también en cuanto a tus responsabilidades ante Dios, tu familia, tu iglesia y ante la sociedad en la que vives.

Hoy, solamente te presento once meditaciones en las que notaras que Dios siempre es fiel en sus promesas, que buscas siervos y siervas para que cumplan su planes y a los cuales les invita a desarrollar sus ministerios sin temor; además de que notarás que no existe otro Dios como el de Isaías, el cual es

---

[1] Napoleón Hill. *Cómo superar el fracaso y obtener el éxito.* (San Bernardino, California. Sin Casa Editorial. 2015), Página de Introducción.

Único, también es una Gran Roca en la cual se puede descansar en medio de las turbulentas aguas de las Ciencias Ocultas o en los torbellinos de la vida contemporánea.

Al caminar sobre peligrosas arenas doctrinales y fanáticas entenderás también el peligro de la arrogancia y del endurecimiento del corazón humano sin Dios; notarás ese corazón sin remordimientos cuando leas la meditación titulada: *Grabado en las palmas de Sus manos*, pero allí, también te encontrarás con una seguridad en el amor y cuidado incondicionales de Dios que son dos virtudes de las cuales, como son de Dios, no es posible, aun con un corazón y una actitud complemente opuestas a Dios, opacar la Soberanía divina que se presenta en el libro de Isaías.

Peter Scazzero, en su *Espiritualidad Emocionalmente Sana*, hace referencia a los "desertores de la iglesia". Dice que algunos de ellos, que son cristianos ya no se reúnen en ninguna iglesia, su compromiso con Cristo lentamente se opacó. Otro grupo de desertores son también cristianos que aún permanecen en la iglesia pero, que ya no hacen nada: "simplemente se volvieron inactivos". Y el tercer grupo, son aquellos cristianos que tristemente, decidieron abandonar "su fe por completo. Se fatigaron al sentirse atascados y atrapados en su viaje espiritual".[2]

Si, por casualidad, tú caes en una de estas categorías, aquí tienes este libro; aquí tienes estas *Meditaciones Matutinas*, son para que te avives, para que reflexiones sobre tu vida espiritual y no sigas en el lema de los "Desertores de la Iglesia", sino que al final de la lectura de este libro, tú, como mi compañero de estos viajes, tengas una visión, si no es completamente, aunque

---

[2]   Peter Scazzero. *Espiritualidad emocionalmente sana: Es imposible tener madurez espiritual si somos inmaduros emocionalmente.* (Miami, Florida. Editorial Vida. 2008). 14-15.

sea parcial de lo que es vivir al lado de Dios. ¡Ojalá que sea completa!

Mi deseo, ya que el tuyo fue leer este libro, entonces, el mío es que lo leas sin supersticiones ni prejuicios, algo muy difícil de quitar de nuestro egoísta ser humano, pero no imposible; recuerda estas dos cosas:

> **Primero**: "La superstición es una forma de temor. Es también una señal de ignorancia. Los hombres [y también las mujeres] que son exitosos mantiene una mente abierta y no le tienen miedo a nada".[3]

> **Segundo**: "Oye, hijo mío, y recibe mis razones, y se te multiplicaran años d vida. Por el camino de la sabiduría te he encaminado, y por veredas derechas te he hecho andar.
> Cuando anduvieres, no se estrecharán tus pasos, y si corrieres, no tropezarás.
> Reten el consejo, no lo dejes; Guárdalo, porque eso es tu vida".
>
> Proverbios 4:10-13, RV).

El temor, la ignorancia, la arrogancia, la vergüenza y actitudes similares, ¡son cambiables! Con el deseo de salir de cada una de ellas y con las promesas de Dios, ¡*"no se estrecharán tus pasos"!* En estas once meditaciones que están en este libro tú notarás que estas actitudes son modificables y en la gracia y poder del Dios de Isaías, pueden ser cambiadas, porque en Dios: "Nada es imposible" (Lucas 1:37).

¡Adelante!, camina conmigo mientras yo voy siguiendo los pasos del profeta Isaías por las tierras de la Creciente Media

---

[3]   Napoleón Hill. *Cómo superar el fracaso y obtener el éxito.* (San Bernardino California. Sin Casa Editorial. 20015), 43.

Luna; es decir, por la Mesopotamia, Siria, Asiria, Babilonia, Persia y Palestina. Acompáñame. Empaca tus cosas y volemos hasta la ciudad de David, ¡hasta la Jerusalén de los tiempos del profeta Isaías!

Eleazar Barajas
La Habra, California.

Sus promesas son Sí y Amén

Sécase la hierba, marchitase la flor, más la palabra
del Dios nuestro permanece para siempre.
Él es el que reduce a nada a los gobernantes, y hace
insignificantes a los jueces de la tierra.

Isaías 40:8; 23

MIENTRAS MI COMPAÑERO Y YO, hemos estado
caminando con el profeta Isaías por las calles y
centros de reunión en la ciudad de Jerusalén, hemos
notado que Isaías ha estado hablando con profunda tristeza y
preocupación a su pueblo; sus saludos ya no son iguales. Su
estado de ánimo es porque los judíos muy pronto serán llevados
al cautiverio babilónico, Dios se lo revelado (Isaías 39).

Pero hoy, cuando el día está "bañado" por el candente sol,
mientras estamos parados frente al palacio del rey Ezequías,
vemos al profeta llegar vestido con su toga que llega hasta el
piso, tiene tanta prisa de decir lo que Dios le ha revelado que
aun sus vestidos vuelan con el aíre mientras le vemos llegar casi
corriendo.

Con un rostro alegre, ¡con mucho ánimo! Se para en las
escaleras del palacio y suelta aquello que lo está asfixiando de
gozo, diciendo: "Consolad, consolad a mi pueblo - dice vuestro

Dios. Hablad al corazón de Jerusalén y decidle a voces que su lucha ha terminado, que su iniquidad ha sido quitada" (Isaías 40:1-2).

¡Aleluya! Isaías ha contemplado la grandeza y el poder de Dios que se sobrepone al poderío babilónico. Vio en visión como Babilonia sería destruida. Vio que su palabra dicha por medio del profeta Jeremías se cumpliría al pie de la letra, cuando dijo:

"Palabra que el Señor habló acerca de Babilonia, la tierra de los caldeos,. . . Anunciad entre las naciones y hacedlo oír; levantad estandarte, hacedlo oír. No lo ocultéis, sino decidlo: Ha sido tomada Babilonia, está avergonzado Bel, destrozado Merodac; han sido avergonzadas sus imágenes, destrozados sus ídolos" (Jeremías 50:1-3).

Además el profeta vio el bienestar futuro de la nación judía: "'Porque, he aquí, vienen días,' ~ declara el Señor ~ 'cuando restauraré el bienestar de mi pueblo, Israel y Judá.' El SEÑOR dice: 'También los haré volver a la tierra que di a su padres, y la poseerán.'

'Así que tú no temas, siervo mío Jacob' ~ declara el SEÑOR~ 'ni te atemorices, Israel; porque he aquí, te salvaré de lugar remoto, y a tu descendencia de la tierra de su cautiverio. Y volverá Jacob, y estará tranquilo y seguro, y nadie lo atemorizará. 'Porque yo estoy contigo' ~ declara el SEÑOR~ 'para salvarte; pues acabaré con todas las naciones entre las que te he esparcido, pero no acabaré contigo, sino que te castigaré con justicia; de ninguna manera te dejaré sin castigo.'

Así dice el Señor; 'He aquí restauraré el bienestar de las tiendas de Jacob, y tendré misericordia de sus moradas; será reedificada la ciudad sobre sus ruinas, y el palacio se asentará como estaba.

'Y vosotros seréis mi pueblo, y yo seré vuestro
Dios.'"

(Jeremías 30:3; 10-11; 18; 22).

Ahora bien, ¿cuándo será la restauración de la nación de
Israel? Después de que se hayan cumplido los setenta años.
Después de ese tiempo, Dios dice en su Palabra que castigaría
"al rey de Babilonia y a esa nación por su iniquidad ~ declara
el SEÑOR ~ y a la tierra de los caldeos la haré una desolación
eterna" (Jeremías 25:12).

Allí pues, vemos al profeta Isaías, parado sobre la escalinata
del palacio, hablando con una convicción envidiable porque
estaba tan seguro de lo que decía que para él la hierba se podía
secar y la flor marchitar, "más la palabra del Dios nuestro ~
decía Isaías ~ permanece para siempre." Es decir que para el
profeta las promesas del SEÑOR eran una SI y AMEN. Que
todo podría suceder, menos el que las palabras de Dios dejaran
de cumplirse. El profeta sabía que la palabra que salía de la boca
de Dios no volvía vacía "sin haber realizado lo que" Dios deseaba
(Isaías 55:11).

Ese mismo día, Isaías nos lleva a ver a aquellos artífices
insensatos que están haciendo imágenes para venderlas a los
ingenuos espiritualmente, los cuales están tratando, de hecho lo
están haciendo, de compararlas con el Dios de Israel.

En otro sitio de Jerusalén, el profeta nos muestra a los
líderes políticos y religiosos dando consejos de moralidad a los
habitantes y turistas que han llegado hasta esta hermosa ciudad
en busca de ayuda moral y espiritual. Y, ¿qué es lo que se les
están enseñando? Leyes y más leyes que son violadas por ellos
mismos. Conductas inmorales al guiarlos en la adoración de
los dioses Baal, Moloc, Quemos y la diosa Astarte. Así mismo,
dichos jueces de Jerusalén, están enseñado al pueblo a fornicar,

adulterar y a ser criminales mientras están practicando la adoración a los dioses hechos por ellos mismos.

¿Es pues justo un castigo de Dios? ¿Merece el pueblo de Judá ser llevado al cautiverio después de haber abandonado a su Dios y seguir tras los dioses paganos? Bueno, compañero, ¡júzgalo tú mismo!

Viajemos ahora desde Jerusalén hasta nuestro país, abordemos el avión y lleguemos a nuestro Continente; y a nuestro tiempo. Y, ¿cómo lo encontramos? ¿Qué clase de moralidad encontramos entre el pueblo americano, en sus escuelas, iglesias y juzgados? ¿Es diferente a la que vimos en Jerusalén en los días del profeta Isaías? Pues. . . ¡realmente, no!

Al llegar, por ejemplo, a los Estados Unidos de América, nos encontramos con que se ha prohibido la oración hecha al Dios de Isaías en las Escuelas Públicas y están pensando hacerlo también en las privadas. El 25 de junio de 1962, fue firmado el decreto por la Suprema Corte alegando que la oración en las escuelas que era una práctica inconstitucional. Así que hoy, "Es prohibido elevar una plegaria a Dios en una escuela norteamericana".[4] Desde entonces, los funcionarios estatales y los profesores de las escuelas americanas, ya no pueden hacer oraciones o promover la oración en las escuelas públicas.

Al acércanos a una escuela nos dimos cuenta que se han quitado los anuncios de *"Los Diez Mandamientos"* de las aulas de clase; es decir que creo que están pensando quitar todo aquello que "huela a Dios". Las noticias que vimos en todos los noticieros televisivos y también las que pudimos leer en los periódicos es que quitaron el Monumento de "Los Diez Mandamientos", que estaba en las instalaciones de los terrenos

---

4   NoticiaCristiana.com *EE.UU. cumple 50 años sin la oración oficial en las escuelas.* (La Habra, California. Internet. Consultado el 12 de diciembre del 2015).

del Capitolio de Oklahoma. ¿La razón? Porque la Corte Suprema del estado acordó que un momento con esa leyenda religiosa era inconstitucional. En cambio, por los comentarios de los padres de los hijos que asisten a las escuelas primarias, nos dimos cuenta se han intensificado las enseñanzas sobre el sexo libre y la idea de que la homosexualidad y el lesbianismo son aceptables porque Dios así los ha creado. ¡Ah!, pero allí no ha parado el asunto, además de todos esos cabios, también se ha intensificado la matanza de los inocentes con los abortos permitidos y los clandestinos.

Con un solo día caminando unas pocas horas por las calles de las grandes ciudades uno se da cuenta de que ya no hay respeto ni seguridad al caminar por ellas. Por aquellas calles en las que se veían los hermosos jardines y las puertas y ventanas de las casas abiertas hace unos pocos años atrás, hoy vemos esas mismas puertas y ventanas bien cerradas y cubiertas con rejas metálicas. Aun siendo de día, hay que caminar o viajar en auto (especialmente en las calles de los Angeles California, Nueva York y Miami FL) con la probabilidad de que lo asalten, lo secuestren, la violen o que una bala de diferentes armas y calibres usadas por los pandilleros lo mande al otro mundo. Mientras estoy escribiendo este borrador para la imprenta, me han comunicado que anoche (Diciembre 12, del 2015), a una hermana en Cristo le robaron su camioneta; estaba estacionada frente a su casa.

Bien ha dicho el fundador y pastor principal de *Cornerstone Church* en San Antonio, Texas, John Hagee, cuando dijo que "la maldición sobre las ciudades" de Estados Unidos es una realidad en nuestros días. Hagee nos invita a observar las ciudades de este hermoso país y ver los problemas que azotan a Los Angeles; son problemas que son como una bomba esperando explotar. En la sociedad notamos las pandillas que están controlando muchas áreas de la ciudad. Se sane que hoy día existen barrios de la ciudad de Nueva York que todavía son controlados por el crimen organizado; aquellos miembros de la mafia o algún sindicato chino, son los controladores, no las autoridades. De acuerdo a Hagee, la ciudad de San Francisco es gobernada por los homosexuales mientras que la ciudad de las Vegas está controlada por los señores de los casinos. Es muy notorio que: "En Nueva Orleans las pandillas de prostitución gobiernan la ciudad. Las ciudades de los Estados Unidos están sujetas a la falta de ley. Las cárceles están repletas de criminales. Asesinos y violadores andan libres porque antes de cumplir su sentencia salen de la cárcel bajo palabra. Y bien sabe que algo anda mal con el sistema judicial cuando un ladrón que le dio por la cabeza con un tubo para robarle sale antes de la cárcel que usted del hospital".[5]

Las iglesias se están quedando vacías. La idolatría, la brujería, la hechicería y toda clase de cultos, sectas y ciencias ocultas están floreciendo y con ello la corrupción moral y la decadencia espiritual. ¡Satanás se está apoderando de los Estados Unidos de América! En este país quedan muy pocos que creen en el bien y en el mal; para la mayoría, casi todo es relativo. Nadie es culpable hasta que se le juzgue, pero los videos, los testigos, y los resultados de sus crímenes, robos y pleitos dicen que es culpable, aun así, una y otra vez, escuche decir en los noticieros televisivos: "Si se encuentra culpable". ¡Ya no hay justicia! ¡Y la moralidad se ha ahogado en los dos grandes océanos que tiene los Estados Unidos! El Pacífico y el Atlántico.

¿Cómo que la moralidad se ha ahogado? ¡Sí!, por lo menos así lo entiendo mientras leo en los escritos de Hagee que en la ciudad de Cleveland, Ohio, una Joven mujer de apenas diecinueve años de edad, se preparó para declararse culpable ante la jueza Shirley Strickland Saffold de abusar de las tarjetas de crédito. Sin embargo, no tuvo tiempo de hacer su declaración

---

5   John Hagee. *La Era del Engaño: Un enfoque que separa la verdad de la mentira en estos últimos tiempos.* Editorial Betania. Nashville, TN. 1997, pág. 111.

de culpabilidad porque la jueza comenzó a sermonearla diciendo que lo hombres son fáciles que, como mujer joven podría ir a cualquier parada de los autobuses con una falda provocativa, "cruzar tus piernas y conseguir veinticinco. Diez de ellos te darán dinero. Si no lo logras con los primeros diez', aconsejó solemnemente la jueza, 'todo lo que tienes que hacer es (sic) abrir las piernas un poco y cruzarlas en los tobillos y entonces se detendrán'. La jueza le sugirió a la joven que busque un médico y se case con él. Esto resolvería sus problemas financieros. Bienvenidos a la justicia estadounidense. Bienvenidos a los Estados Unidos impíos".[6]

¿Cómo la vez, compañero? ¿Te parece similar la situación del Oriente en tiempos de Isaías a nuestro tiempo en Estados Unidos de América? ¿Crees que es correcto que Dios les dé un fuerte castigo a los habitantes de Estados Unidos de América? Pues no te olvides que un día el mismo Dios de Isaías; ese mismo que actuó con justicia en Palestina, sí, ese mismo Dios que es toda amor, pero que también es paciente y justo, un día no muy lejano actuará también en Occidente; en Estados Unidos y en toda América, pues "Él es el que reduce a la nada a los gobernantes, y hace insignificantes a los jueces de la tierra" (Isaías 40:23).

Además, Dios es un Dios celoso y no permite que se burlen de El por mucho tiempo. Recordemos que las promesas de Dios son SI y AMEN. Y, si él ha dicho que no tolera las injusticias y la maldad, entonces estemos alertas, porque Dios: "Sobre los impíos hará llover carbones encendidos; fuego, azufre y viento abrasador será la porción de su copa. Pues el SEÑOR es justo; El ama la justicia; los rectos contemplarán su rostro" (Salmo 11:6-7).

---

[6]   John Hagee. *La Era del Engaño: Un enfoque que separa la verdad de la mentira en estos últimos tiempos.* Editorial Betania. Nashville, TN. 1997), pág. 86.

Cabe pues preguntarnos, ¿a qué se debía la convicción del profeta Isaías en cuanto a que la Palabra de Dios ES firme? ¿Cuáles eran las credenciales que tenía de parte de Dios para asegurar que Su palabra se cumpliría? ¿Cómo podría él estar seguro que las promesas de Dios son SI y AMEN? Bueno, Isaías sabía, y es bueno que nosotros también lo sepamos, que el Dios que le había llamado al ministerio profético era:

I.-   Un Dios Poderoso.

> "He aquí el Señor vendrá con
> poder, y su brazo gobernará por El."
> (Isaías 40:10)

II.-   Un Dios Sabio.

> "¿Quién midió las aguas en el hueco de su mano, con su palmo tomó la medida de los cielos, con un tercio de medida calculó el polvo de la tierra, pesó los montes con la báscula, y las colinas con la balanza? ¿Quién guio al Espíritu del Señor, o como consejero suyo le ensenó? ¿A quién pidió consejo y quien le dio entendimiento? ¿Quién le instruyó en la senda de la justicia, le ensenó conocimiento, y le mostró el camino de la inteligencia? (Isaías 40: 12-14).

III.- Un Dios Inigualable.

> "¿A quién, pues, asemejaréis a Dios,
> o con que semejanza le compararéis?
> (Isaías 40:18)

IV.- El Único Dios Creador.

> "Él es el que está sentado sobre la redondez de la tierra, cuyos habitante son como langostas; Él es el que extiende los cielos como una cortina y los despliega como una tienda para morar." (Isaías 40:22).

Por lo tanto, ese Dios, con esas características, sí puede, aunque tú, compañero de lectura y viaje lo dudes. Es un Dios especialista en cumplir Su palabra. Y también puede, aunque tú no lo quieras, hacer sentir su justicia en el país donde tú estás viviendo. Algún día lo hará. ¡Cuídate! Porque sus promesas son SI y AMEN.

Mi Amigo; Mi Siervo, No Temas.

"Tú, a quien tomé de los confines de la tierra, y desde sus lugares más remotos te llamé, y te dije: 'Mi siervo eres tú; yo te he escogido y no te he rechazado:' No temas, porque yo estoy contigo; no te desalientes, porque yo soy tu Dios. Te fortaleceré, ciertamente te ayudaré, sí, te sostendré con la diestra de mi justicia. . . . Porque yo soy el SEÑOR tu Dios, que sostiene tu diestra, que te dice: 'No temas, yo te ayudaré'."

Isaías 41:9-10; 13.

EN EL CAPÍTULO anterior hemos leído que el Dios del profeta Isaías es un Dios que SI cumple con sus promesas. Ya sabemos que Israel fue librado del cautiverio egipcio y que poco tiempo después de que el profeta Isaías anunciara que la nación de Israel sería llevada al cautiverio babilónico; sucedió lo profetizado. Bueno, otra vez vemos que Dios cumple sus promesas.

Ahora bien, compañero, creo que ya lo notaste, ¿verdad? Mientras caminamos al lado del profeta Isaías le escuchamos pronunciar este nuevo mensaje, es un mensaje con una nueva promesa; la promesa que está anunciando, es una promesa de ayuda y consuelo para aquellos que han sido dispersos; para aquellos que están sufriendo bajo el dominio de los poderosos ejércitos babilónicos.

Entonces, pues, mientras caminamos al lado de nuestro guía por las calles de Jerusalén y le escuchamos pronunciar estas palabras consoladoras para su nación, nos preguntamos: ¿cómo se cumplirán sus palabras? A nuestra simple vista eso parece imposible. Pero, de momento, el profeta nos traslada en espíritu hasta la misma Babilonia y el reino de los persas para mostrarnos que el Dios en el que él confía es un Dios que si cumple sus promesas.

Cuando analizamos la historia de la nación de Israel en el cautiverio, especialmente cuando leemos los libros bíblicos de 2 de Reyes, 2 Crónicas, Daniel, Esdras y Nehemías, notamos que las palabras de Isaías en este Capítulo 41, serían casi imposibles de materializarse y, sin embargo, la misma historia de la que hemos hecho referencia nos da la respuesta, pues, casi trecientos años después del tiempo de Isaías, ¡se cumplieron! Y es que, aunque no sea de agrado para nosotros cumplimientos tristes y agonizantes, ¡los hay! Así como también existen los agradables cumplimientos de las promesas de Dios. Estas palabras de Isaías son una de esas noticias agradables; hay un Dios en el pueblo de Israel que no se olvida de su pueblo. ¿Y sabes que, compañero? Ese mismo Dios de Isaías y del pueblo de Israel es el mismo que está siempre con su iglesia: La iglesia Cristiana. Su promesa fue que siempre estaría a nuestro lado para suplir y ayudar en los problemas y necesidades que se presentan en el correr de la vida y en el cumplimiento misional de su agrado (Mateo 28:16-20).

¿No es esto maravilloso? ¡Claro que lo es! Sin embargo, sorprendentemente para algunos judíos de los que estaban en el cautiverio babilónico – en ese tiempo bajo el control de los Medo/Persas -, esta noticia no fue del todo agradable; les sorprendió, sí, pero al parecer no les fue agradable. Seguramente que te estarás preguntando el por qué no les fue agradable o fácil recibir esta noticia de liberación y de protección divina. Bueno, compañero, creo que tengo la respuesta.

A la luz de la historia del pueblo judío, hay por lo menos cuatro razones para creer que no fue fácil para los israelitas o judíos el aceptar el cumplimiento de esta promesa de ayuda:

> PRIMERA RAZÓN; había un buen número de los israelitas que estaban muriendo durante los 70 años de cautiverio.
>
> SEGUNDA RAZÓN; los judíos estaban olvidando las costumbres hebreas y adquiriendo las babilónicas, entre ellas el idioma; ahora hablaban el arameo o caldeo en lugar del hebreo el cual había sido reservado para los sabios.
>
> TERCERA RAZÓN; la mayoría de los cautivos había adquirido propiedades y algunos de los judíos hasta puestos importantes como el caso de Daniel y Nehemías.
>
> CUARTA RAZÓN; los nacidos en el cautiverio ya no querían regresar a una tierra que no conocían, justamente como los hijos de los inmigrantes aquí en Estados Unidos; los hijos nacidos aquí, o los que llegaron a corta edad, ya no desean regresar a sus países o al de sus padres. Así que: "Muchos,. . . [se] quedaron en Babilonia, para no abandonar sus propiedades".[7]

Pese a lo anteriormente dicho, llegó el tiempo; al final de los 70 años de cautiverio que el profeta les había anunciado, Dios mismo movilizó tanto a los suyos como a los enemigos de su

---

[7]   Flavio Josefo. *Antigüedades de los judíos: Tomo II. Libro XI: Capítulo 1:3.* (Terrassa (Barcelona), España. Editorial Clie. 2004), 218.

pueblo para el regreso; para el cumplimiento de su promesa de ayuda. El historiador Flavio Josefo, en sus *Antigüedades de los Judíos*, cuenta que: "En el año primero del reinado de Ciro, esto es a los setenta años de la transmigración de nuestro pueblo a Babilonia, Dios se apiadó de su cautividad y tribulaciones, según lo predijo Jeremías antes de la destrucción de la ciudad o sea que después de estar cautivos al servicio de Nabucodonosor y sus sucesores por espacio de setenta años, de nuevo regresarían a su tierra,..."[8] Josefo, al igual que yo, cree que Dios es el hace como a él le parece mejor; que ¡Dios está en control de la historia!

¿Lo recuerdas, mi estimado lector, recuerdas cuando estábamos caminando por las calles de Babilonia y de momento escuchamos el toque de la trompeta y a un hombre con ropa muy elegante junto al trompetista anunciando el edicto del rey Ciro? Sí, en ese día, aquel hombre desenrolló el pergamino y dijo:

> "Así dice Ciro, rey de Persia: 'El SEÑOR, el Dios de los cielos, me ha dado todos los reinos de la tierra, y Él me ha designado para que le edifique una casa en Jerusalén, que está en Judá. 'Quien de entre todos vosotros pertenezca a su pueblo, sea Dios con él. Que suba a Jerusalén, que está en Judá, y edifique la casa al SEÑOR, Dios de Israel; Él es el Dios que está en Jerusalén. 'Y a todo sobreviviente, en cualquier lugar que habite, que los hombres de aquel lugar lo ayuden con plata y oro, con bienes y ganado, junto con una ofrenda voluntaria para la casa de Dios que está en Jerusalén'." (Esdras 1:2-4).

¿Cómo supo el rey Ciro acerca de la voluntad de Dios para su pueblo Israelita? ¿Cómo se dio cuenta que tenía que dejar en libertad a los judíos? ¿Cómo se enteró de que debería dar el permiso para que los judíos reconstruyeron el templo en

---

8   Flavio Josefo. Antigüedades de los judíos: Tomo II. Libro XI: Capítulo 1:1. (Terrassa (Barcelona), España. Editorial Clie. 2004), 217.

Jerusalén? Otra vez es Flavio Josefo es el que nos dice que el rey: "Ciro se informó de estos acontecimientos por la lectura del libro de sus profecías que doscientos diez años antes había dejado Isaías. Este aseguró que Dios le dijo secretamente: 'Quiero que Ciro, a quien designaré rey de pueblos grandes y poderosos, restituya mi pueblo a su tierra y que reedifique el Templo',"[9]

¿Compañero? ¿Has notado el cambio? Mientras estamos recorriendo la gran Babilonia, la ciudad a la cual el profeta Isaías nos ha traído, ¿has notado como la gente se está inquietando cada día que pasa? Desde que escucharon el Edito del rey Ciro, aquellos que tienen sus casas hechas de ladrillo cocido se preguntan: "¿En Jerusalén tendremos una casa igual que esta?" En la esquina de la calle principal y la Avenida de los Reyes estaban un grupo de judíos discutiendo algo, ¿te acuerdas?, nos acercamos un poco y alcanzamos a oír que preguntan a los escribas: "¿Nuestros hijos tendrán la misma educación en Jerusalén que aquí tienen?" Otros preguntan: "¿Qué probabilidades hay de que todos vivamos dentro de la ciudad amurallada de Jerusalén y no en el campo en donde nuestros enemigos nos ataquen con facilidad?" – al parecer estos judíos no estaban enterados que los muros de la ciudad de Jerusalén estaban derribados y las puertas quemadas por el fuego de los invasores (Nehemías 1:3) -. Y otros más les preguntaron a los sabios presentes: ¿Realmente Dios estará con nosotros como ha estado aquí en Babilonia y Persia?" "Oh, gente de Israel, hijos del Dios Altísimo – les oímos decir a los escribas –, si Dios ha estado aquí con nosotros, en Jerusalén, su ciudad amada volverá a poner su trono; su presencia estará en medio de nosotros. Él nos enseñara directamente. Recuerden lo que dijo el profeta Isaías que de nosotros, sí, de nosotros los israelitas vendrá el Siervo de Dios; el Mesías; será el Siervo de Dios que tendrá el poder absoluto para sostenernos. Siervo del cual ha dicho: 'mi escogido, en quien mi alma se complace. He puesto mi Espíritu

---

[9]   Flavio Josefo. *Antigüedades de los judíos: Tomo II. Libro XI: Capítulo 1:2.* (Terrassa (Barcelona), España. Editorial Clie. 2004), 217.

sobre El; El traerá justicia a las naciones' (Isaías 41:1). Por lo tanto, nuestros hijos serán los más preparados; educados por Dios. Y aunque vivamos algunos fuera de los muros de Jerusalén, Dios nos protegerá para que su simiente no se pierda y, sí Él va a poner su trono en medio de nosotros, luego pues, estará mucho más cerca de cada uno de sus hijos amados; su pueblo que Él ha escogido. Israel, ¡empaca tus cosas! ¡Vamos hacia la ciudad del gran Rey; a Sion, la morada de nuestro Dios!"

Caminamos un poco más y encontramos otro grupo que le estaba preguntando a un líder político: "¿Qué garantías hay de que lleguemos sanos y salvos hasta Jerusalén? ¿Qué ejército nos librará de los ladrones y de nuestros enemigos durante el camino?" Y escuchamos la respuesta de parte del líder, diciéndoles: "Nuestro Dios se 'ha levantado del oriente', nuestro Dios, el que 'entrega naciones, y a reyes somete', El dejará 'como polvo con su espada' (Isaías 41:2) a nuestros enemigos y a los ladrones. Así que, hermanos israelitas, cada uno ayude a su prójimo y dígale a su hermano: 'Sé fuerte' (Isaías 41:6). Prepárate y vámonos hacia el sur; hacia la ciudad de nuestro Dios; ¡hacia Jerusalén!"

¡Wauuu, que multitud! Ciertamente no son todos los israelitas son solamente aquellos que decidieron bajar con el escriba Esdras hacia Jerusalén. Así pues, "Toda la asamblea reunida era de cuarenta y dos mil trescientos sesenta, sin contar sus siervos y siervas, que eran siete mil trescientos treinta y siete; y tenían doscientos cantores y cantoras. Sus caballos eran setecientos treinta y seis; sus mulos, doscientos cuarenta y cinco; sus camellos, cuatrocientos treinta y cinco; sus asnos, seis mil setecientos veinte" (Esdras 2:64-67). Y nosotros nos unimos a esa multitud. ¿Te acuerdas? ¡La emoción era grande! Sí, tú y yo, mi estimado lector, nos unimos a esa gran asamblea de más de cincuenta mil personas para peregrinar hacia el sur; hacia la ciudad del gran Rey.

Ya casi estábamos en las afueras de los muros de la gran
Babilonia cuando uno de los salmistas, inspirado por el Espíritu
Santo, se paró sobre un pedestal y desde allí, dijo:

"Oh Dios de Sion,
¡Tú eres digno de alabanza!
¡Tú mereces que te cumplan lo prometido, pues
escuchas la oración!
Todo el mundo viene a ti. Nuestras maldades nos
dominan, pero tú perdonas nuestros pecados.
Feliz el hombre a quien escoges y lo llevas a vivir
cerca de ti, en las habitaciones de tu templo.
¡Llénalos de lo mejor de tu casa, de la santidad de
tu templo!
                    Salmo 65:1-4 (versión popular).

¡Claro que sí! Aunque no era toda la nación de los que habían
sido llevados al cautiverio, ¿lo recuerdas, mi estimado lector? Sin
embargo, ¡parecía que toda la nación se había preparado para la
salida; para emigrar hacia el sur de Babilonia!

¡Ah! ¡Qué viaje tan interesante! No fue nada fácil caminar
todo ese recorrido de aproximadamente 1330 kilómetros desde
Babilonia hasta Jerusalén. Casi cinco meses después de que
salimos de Babilonia estábamos en los linderos de Jerusalén
(Esdras 7:9). Cuando llegamos a la ciudad santa, nos dimos
cuenta que verdaderamente el Dios de Isaías, es un Dios que
SI CUMPLE SUS PROMESAS y que por lo tanto hay que
confiar en Él; que, ¡no hay que tener temor de nada! Porque el
Dios de las promesas está con y entre nosotros todo el tiempo.
¿No crees, compañero, que vale la pena confiar en el Dios del
Profeta Isaías? Creo que sí. ¿Por qué? Porque es un Dios que
no tiene límite en su poder para cumplir con sus promesas. Es
un Dios que infunde aliento en lugar de temor mientras pasa el
tiempo cumpliendo sus promesas.

Ahora bien, además de quitarnos el temor e infundirnos aliento, ¿qué más hace el Dios de Isaías? ¿Qué sucede cuando Dios cumple con sus promesas?

I.-   Dios quita a tus enemigos de su presencia.

> "He aquí, todos los que se enojan contra ti serán avergonzados y humillados; los que contienden contigo serán como nada y perecerán. Buscarás a los que riñen contigo, pero no los hallarás; serán como nada, como si no existieran, los que te hacen guerra" (Isaías 41:11-12).

II.-   Dios sustenta tu mano derecha.

> "Porque yo soy el Señor tu Dios, que sostiene tu diestra, que te dice: 'No temas, yo te ayudaré'." (Isaías 41:13).

III.- Dios te hará victorioso.

> "He aquí, te he convertido en trillo nuevo, cortante, de doble filo; trillarás los montes y los harás polvo, y los collados dejarás como hojarasca. Los aventarás, el viento se los llevará, y la tempestad los dispersara;" (Isaías 41:15-16ª).

IV.- Dios te dará de su propio gozo.

> "Pero tú te regocijarás en el Señor. En el Santo de Israel te gloriarás" (Isaías 41:16 b).

V.-   Dios te colmará de sus bendiciones.

> "Abriré ríos en las alturas desoladas, y manantiales
> en medio de los valles; transformaré el desierto en
> estanques de aguas, y la tierra seca en manantiales.
> Pondré en los desiertos el cedro, la acacia, el mirto
> y el olivo; pondré en el yermo el ciprés, junto con
> el olmo y el boj, para que vean y entiendan" (Isaías
> 41:18-19).

Si por alguna razón tú has estado preocupado por el futuro inmediato, ¡no temas! ¡Dios te fortalecerá! Ciertamente te ayudará comenzando hoy mismo y hasta que El regrese por segunda ocasión. Solamente espera en El. Sí, espera en el Dios que sí cumple sus promesas; en el Dios que también ha prometido estar contigo. Espera en el Dios que te dice:

> "¿Quién realizó esto? ¿Quién lo hizo posible?
> ¿Quién llamó a las generaciones desde el principio?
> Yo, el Señor, soy el primero,
> Y seré el mismo hasta el fin."
> **Isaías 41:4 (NVI).**

El Siervo de Dios

He aquí mi Siervo, a quien yo sostengo, mi escogido, en quien mi alma se complace.

He puesto mi Espíritu sobre El; El traerá justicia a las naciones.

No clamará ni alzará su voz, ni hará oír su voz en la calle.

No quebrará la caña cascada, ni apagará el pabilo mortecino; con fidelidad traerá justicia.

No se desanimará ni desfallecerá hasta que haya establecido en la tierra su justicia, y su ley esperarán las costas.

Isaías 42:1-4.

CAMINADO POR UNA calle de Jerusalén me encontré con el profeta Isaías que iba cantando acerca de las maravillas de Dios. Esta vez, dejé a mi compañero en el hotel. Noté que el profeta estaba contento porque Dios había escogido a Su Siervo para ayudar a las naciones, entre ellas a la nación de Israel. Y allí en la Calle Principal alzaba su voz, la cual era oída por cada uno de los que se cruzaban en su camino. Cantaba y luego predicaba acerca del canto. Pronto se le unieron al profeta otros cantores.

¡Qué gran día allí en Jerusalén mientras escuchaba esos hermosos cantos de los judíos que acompañan al profeta en su melodiosa voz! Eran tan agradables a los oídos que me hubiese gustado que mi compañero de viaje escuchara esa hermosa melodía. ¿Verdad, compañero que te hubiera gustado escuchar ese canto? Pues, como no estaban allí, así que, imagínate allí, en aquella calle; la Calle Principal de Jerusalén escuchando cantar al profeta Isaías. ¡Wauuu! Te perdiste de un tiempo muy agradable.

En el libro de Isaías encontramos, a partir de este capítulo 42 y estos versículos que hemos leído un cántico que los hermenéuticos bíblicos han llamado: "EL CÁNTICO DEL SIERVO DEL SEÑOR". Es un cantico que lo volveremos a cantar en Isaías 49:1-6; en el capítulo 50:4-9, y en los capítulos 52:23 hasta el 53:12). Prepárate, porque allí, en el resto de las estrofas de este hermoso cantico, Dios nos comenzará a preparar para mostrarnos su Shekina en todo su esplendor.

Bueno, estoy tan contento aquí en Jerusalén al lado de mi guía que no quiero separarme un paso de él. Pero, compañero, quiero que me acompañes a nuestro continente; quiero mostrarte una de las muchas verdades que Dios me ha mostrado. Sin más, abordamos el avión de regreso. ¿Y qué es lo que hemos encontrado? Que en mi patria, el Príncipe de este mundo también ha escogido a sus siervos y que, también ha puesto de su espíritu en sus elegidos.

Por ejemplo, en el año de 1969 estaba estudiando mi segundo periodo de estudios bíblicos en el *Instituto y Seminario Bíblico* de la ciudad de Puebla, Puebla, México. Ese mismo año, tomé el pastorado de la *Primera Iglesia Bautista* del Seco Puebla. El Seco es un pequeño pueblo situado al Suroeste de la capital del estado. Habían transcurrido solamente tres meses desde que tomé esa gran responsabilidad cuando llegó la segunda familia a la iglesia; a la que llamaré Familia Gonzáles. Llegó para integrase a la membrecía de la pequeña Iglesia Bautista. Era una familia compuesta por los padres y un niño de ocho años de edad. Los padres del pequeño ya eran personas mayores de edad. Eran, también muy callados y con mucho respeto a la iglesia y sus actividades. Vivían a solamente dos cuadras y media de la iglesia. Cada domingo, acostumbraban llegar temprano a la iglesia y se sentaban en la primera banca. Como todavía, en aquel tiempo, era soltero, los alimentos me los compartían en las casas de los hermanos; cada familia se turnaba en mi alimentación. Y aunque la iglesia no me ayudaba mucho económicamente – en realidad no daban un salario -, si me proveían los alimentos necesarios y aún más de lo necesario, pues las comidas domingueras eran abundantes.

Bueno, le tocó en turno alimentarme un domingo a la familia Gonzáles. Así que, ese domingo, como siempre, allí estaba la pareja con su niño muy puntual a la hora de comenzar las actividades eclesiásticas; la Escuela Dominical y luego el culto de adoración. Como dije anteriormente, eran una familia muy callada y respetuosa. Durante el servicio, sentados, como siempre, en la primera banca, y como siempre, callados y sin quitarme los ojos de encima. El hermano Gonzáles tenía una mirada tan penetrante y perturbadora que cada vez que me paraba en el púlpito me inquietaba; me hacía, en algunas ocasiones, aun desviarme del mensaje. Aunque él tenía una Biblia grande cada domingo llevaba a la iglesia, me di cuenta nunca la leía durante los cultos.

El edificio de la *Iglesia Bautista* tenía su puerta principal hacia una calle sin fondo; es decir, la calle comenzaba en la puerta de la iglesia y terminaba en el "infinito" del pueblo, y así, desde el púlpito podía verla perderse entre el desértico valle al Oeste del pueblo. La familia González vivía a la mitad de la segunda calle que cruzaba con la calle sin fondo.

Pues bien, ese domingo, terminando el servicio matutino, a la hora de saludar a la congregación, se me acercó el hermano Gonzáles, me extendió su brazo fuerte y me saludo con aquella mano llena de cayos; digna de un campesino trabajador y con aquella voz ronca me dijo: "Lo esperamos en casa." Claro que sí, mi hermano. Llego como en unos treinta minutos. Fue mi respuesta. Terminadas las actividades pastorales; saludar a los hermanos, cerrar las puertas y ventanas, dejar limpio y preparado el Santuario para la actividad de la noche, después de eso, comencé a caminar por aquella calle sin fondo. De repente algo sucedió. Cada paso que daba me sentía más cansado. El poco aíre que soplaba hacía que usara más energías para caminar. En la segunda cuadra mi cansancio ya era notorio, de vez en cuando me paraba, jalaba aíre y seguía caminando. Al llegar a la esquina de la segunda cuadra note que la calle se cubría de neblina y que apenas alcanzaba a ver el portón de madera de la casa de la familia González. Haciendo aún más esfuerzo llegué por fin al portón. El olor de las vacas que estaban encerradas en un corral al final de la casa de los hermanos González, era tan penetrante que sentía que no podía respirar. Mis pies parecían cargados de plomo; ¡no podía caminar! ¡No podía pensar! ¡No podía hacer nada!

La voz ronca del hermano González invitándome a pasar mientras me habría el portón me hizo volver en sí. "No se preocupe de lo que está sintiendo. A usted no lo pueden tocar." ~ Me dijo el hermano Gonzáles mientras me introducía al comedor de su casa. Sentados junto a la mesa y mientras la hermana terminaba de preparar la comida, el hermano me contó una terrible historia. Él había sido médium espiritista por treinta años. No había sido un charlatán, sino uno que realmente había hecho un pacto con Satanás. Uno que sí había hecho sanidades con el poder satánico.[10] Se casó con la que se llamaba así misma

---

[10]   Kurt E. Koch, cuenta la historia de un hombre de los valles de los Alpes que tenía, por años un floreciente negocio como curandero. Podía curar a personas que habían sido desahuciadas por los doctores. Había curado a ciegos, cojos y sordos. Un día se interrogó a sí mismo y dijo que podía ayudar a todos pero no así mismo ni en ese tiempo ni por la eternidad. Este hombre, desde joven, se había vendido al diablo y desde entonces poseía los poderes de curación. (Kurt E. Koch. *El Diccionario del Diablo*. Terrassa (Barcelona), España. Editorial Clie. 1970), 88

la novia de Satanás con la condición de que cuando su futuro esposo la llamara a cuentas él tenía que cumplirle sus gustos. Fue así que, cuando llegó el día en que ella sintió que moría, le pidió al hermano Gonzáles que la vistiera de blanco, le pusiera sus zapatillas blancas y su velo blanco porque había llegado la hora de su segundo matrimonio; y así lo hizo. Me mostró la cama en la que murió y me dijo: "Aquí, mientras yo la abrazaba se la entregué al Príncipe de este mundo." Posteriormente se casó con la actual esposa.

Como siervo de Satanás, cada vez sentía más y más opresión; más cautiverio, más inquietud y un temor comenzó a posesionarse de él, le comenzó a preocupar el futuro de su vida; su alma estaba muy inquieta. Sabía que algún día él y su esposa y aun su niñito se reunirán con Satanás en el infierno, pues había hecho un pacto con él; le había vendido su alma y la de su familia en un rito sangrado. Había mesclado su sangre con la sangre de un perro negro mientras invocaba a Satanás entregándole su alma y la de su familia. ¡Él era un verdadero siervo de Satanás! Kurt E. Koch, cuenta que el Pacto de Sangre, "… es una de las practicas más horribles del mundo ocultista… En toda mi experiencia como consejero espiritual,… solamente he visto dos que hayan sido librados de esta terrible esclavitud por la gracia de Dios".[11]

Aunque conocía y tenía la Biblia para el uso de sus engaños, no la leía dándole la gloria a Dios o a Jesucristo. Para él, Jesucristo estaba sujeto a Satanás; Jesús, según él, obedecía las órdenes del Príncipe de este mundo. Pero un día, cansado de la vida que llevaba y casi dormido de los desvelos acumulados por meses (pues los demonios, o algo parecido, no lo dejaban dormir tranquilo), decidió clamar a Jesucristo por ayuda y Él se la concedió. Se acercó a una iglesia cristiana y se separó por completo de la iglesia espiritista.

---

[11]   Kurt E. Koch. *El Diccionario del Diablo*. Trd. Samuel Vila. (Terrassa (Barcelona), España. Editorial Clie. 1970), 96,98.

Ahora bien, como había hecho un pacto con Satanás, este no le dejó en paz; aun lo seguía inquietando. "Ahora que quiero leer la Biblia para alimentar mi alma, no puedo hacerlo" ~ me decía el hermano Gonzáles ~. "Cada vez que la abro las páginas están en blanco. Para mí no hay letras. Esta es la razón por la cual, cuando usted lee la Biblia en la iglesia o predica yo estoy muy atento. No quiero perderme ni una sola palabra de la que usted lee o dice. Yo sé que lo interrumpo. Hay una voz que me dice: 'Sigue mirándolo así, mira como lo estás turbando.' Pero yo no lo hago con ese propósito. Solamente quiero oír y memorizarme la palabra de Dios y los mensajes que usted predica; eso alimenta mi alma y mi espíritu se regocija en mi nuevo patrón, en el Señor Jesucristo. Mi antiguo patrón ha enviado a sus demonios para que no nos dejen en paz. Ellos han corrido a todos nuestros amigos y aun hermanos de la iglesia; nadie nos visita por temor a ellos. Él quiere que regrese a sus dominios. Hoy día usted ha experimentado algo más de la turbación demoniaca pero no se preocupe, yo ya lo sabía, ellos me lo dijeron. Pero usted tiene el poder del Espíritu Santo y ellos no lo pueden tocar. Así que no se preocupe, ore y coma sin hacer caso de ruidos y malos olores."

¡Qué terrible situación! ¡Qué intranquilidad! ¡Qué esclavitud! Eso, precisamente eso es lo que Satanás hace con sus siervos. ¿Te gustaría ser uno de ellos? Claro que no, ¿verdad? Y sin embargo, la cruda realidad es que, oh eres siervo de Dios o eres esclavo del Príncipe de este mundo; tú no puedes ser parcial. Satanás y sus demonios hacen que sus siervos sean unos verdaderos esclavos del mal.

En el "otro lado de la moneda", ¿Cómo hace Dios con su Siervo? Hace algo muy diferente de lo que la Familia González estaba sufriendo. Dios, a sus siervos:

I.-   No lo esclaviza sino que lo sustenta.

"Así dice el SEÑOR, que crea los cielos y los extiende, que afirma la tierra y de lo que ella brota, que da alimento al pueblo que hay en ella, y espíritu a los que por ella andan: Yo soy el SEÑOR, en justicia te he llamado; te sostendré por la mano y por ti velaré, y te pondré como pacto para tu pueblo, como luz para las naciones," (Isaías 42:5-6).

NOTA: El Generador de aíre u oxígeno en el Columbia es igual a vida. Así mismo, el término "Sostenerle" es igual a, "por ti velaré." Es decir, te conservaré la vida.

II.-   No le ordena lo que tiene que hacer, sino que delega responsabilidades.

"Para que abras los ojos a los ciegos, para que saques a los presos de la cárcel, y de la prisión a los que moran en tinieblas." (Isaías 42:7).

NOTA: Deja que su siervo sienta amor y vea la necesidad de los otros y les ayude voluntariamente.

*   Jesús: "Y viendo las multitudes, tuvo compasión de ellas, porque estaban angustiadas y abatidas como ovejas que no tienen pastor." (Mateo 9:36).

III.- No lo deja en su estado pecaminoso, sino que lo renueva / transforma.

> "He aquí, la cosas anteriores se han cumplido,
> y yo anuncio cosas nuevas; antes que sucedan, os
> las anuncio." (Isaías 42:9).

* Lo hace cada vez más santo; lo lleva por el camino de la santidad progresiva.
* Lo pone entre cosas nuevas.

  a.- Nueva familia; *está en el reino de Dios.*
  b.- Nuevo rebaño; *está dentro de la Iglesia.*
  c.- Le da un cántico nuevo (Isaías 42:10); *ahora canta himnos y coros que alaban a Dios.*
  d.- Le da una nueva posición; *de pecador condenado a pecador justificado.*
  e.- Le da un nuevo lugar para vivir; *"Venid, benditos de mi Padre, heredad el reino preparado para vosotros desde la fundación del mundo" (Mateo 25:34).*

Por eso y mucho más que Dios hace con Su Siervo, hoy y por la eternidad, démosle gloria a Dios: "Cantando su alabanza desde los confines de la tierra, los que descendéis al mar y cuantos hay en él, las islas y sus moradores... ¡Den gloria al Señor!" (Isaías 42:10, 12).

> ¡Todo mundo alabe el nombre del Señor
> Jesucristo, especialmente nosotros, los siervos
> de Dios!

Una Gran Roca

Mas ahora, así dice el Señor tu Creador, oh Jacob, y
el que te formó, oh Israel:
No temas, porque yo te he redimido, te he llamado
por tu nombre; mío eres tú.
Cuando pases por las aguas, yo estaré contigo, y si
por los ríos, no te anegarán; cuando pases por el
fuego, no te quemarás, ni la llama te abrazará.
Porque yo soy el Señor tu Dios, el Santo de Israel,
tu Salvador; he dado a Egipto por tu rescate, a Cus
y a Seba en lugar tuyo.
Ya que eres precioso a mis ojos, digno de honra, y
yo te amo, daré a otros hombres en lugar tuyo, y a
otros pueblos por tu vida.
No temas, porque yo estoy contigo; del oriente
traeré tu descendencia, y del occidente te reuniré.
. . . a todo el que es llamado por mi nombre y a
quien he creado para mi gloria, a quien he formado
y a quien he hecho.
. . . Yo soy el Señor; y fuera de mí no hay salvador.
. . . Yo, yo soy el que borro tus transgresiones por
amor a mí mismo, y no recordaré tus pecados.

Isaías 43:1-5; 7; 11; 25.

CUANDO LLEGAMOS a Jerusalén, después del largo viaje desde Babilonia hasta la ciudad del gran Rey, capitaneados por el escriba Esdras, de inmediato se inició la reconstrucción de la ciudad y se pusieron los cimientos del templo. En pocos días Judá estaba bien afirmado sobre la ciudad de Sion; la ciudad amada por el Señor de los judíos, aquel que había creado a Jacob, que lo había formado desde el seno materno y que lo había ayudado hasta este momento, aquel que lo había redimido, el mismo que lo había llamado por su nombre (Isaías 43:1; 44:2).

Mientras veía en espíritu a los ex peregrinos afirmarse sobre la Ciudad Santa recordé que mientras hacía un viaje misionero entre los chinantecos me encontré con una gran roca que es un verdadero símil de lo que le sucedió a los judíos en su establecimiento de su antigua patria. La gran roca se encuentra en medio del río Papaloapan en el estado de Oaxaca, México. Este río es más conocido en la región chinanteca con el nombre de *"Río de San Felipe Usila"*, por el hecho de pasar entre los linderos del centro chinanteco de ese nombre.

¡Ah, la gran roca de Usila! ¡Cómo nos divertíamos alrededor y sobre ella! Cada vez que llegábamos a San Felipe Usila, visitábamos la roca y la usábamos como trampolín para clavarnos en las aguas cristalinas del gran río de Usila. También la usábamos para contemplar el panorama usileño desde su cúspide. Y, desde allí mismo; desde la cúspide, nos asoleábamos, platicábamos y descansábamos. De hecho, el simple acto de poder subir hasta su cúspide era un momento para sentirse alguien importante. Por el sólo hecho de ver como la gran roca dividía el río en dos partes y ver sus aguas juntarse junto al pie de la roca, y mientras sentíamos la brisa de las frescas aguas que se impactaban en el costado norte de la roca refrescándonos, era una sensación de orgullo, de bienestar y de seguridad. Durante el tiempo de lluvias, el río crecía hasta desbordarse pero, la gran roca de Usila, pese a que el agua alcanzaba más de tres cuartas partes de su altura, permanecía inmóvil.

¡Ah!, los tiempos cambiaban, la situación cambiaba; el verano con su intenso calor llegaba y salía, el otoño con sus fuertes vientos llegaba y salía, el invierno con sus aíres frescos llegaba y salía, la primavera con su hermosura y llena de coloridos llegaba y salía. ¿Y qué pasaba con la gran roca? ¡Permanecía en su sitio inmóvil! Allí estaba todos los días del año esperando que la visitáramos para contemplar la belleza panorámica y disfrutar de su seguridad y su hermosura.

Sí, allí estaba, y creo que sigue en su mismo lugar, la gran roca de Usila, tal y como el Dios del profeta Isaías estaba, y sigue estando, con su pueblo, pues Él es el UNICO LIBERTADOR de Israel. El Único que le dice a Israel, y a ti, también, mi estimado compañero de viaje: "Vengan, suban a mi cúspide; a mi presencia, a mi templo, a mi santa ciudad para que sientan la frescura espiritual y vean todo lo que yo puedo hacer por ustedes". Aprovechando esta invitación, vale la pena que pensemos en ella y nos preguntemos:

¿Qué puede hacer Dios por nosotros?

I.-   Dios puede confirmarnos nuestra redención.

"No temas, porque yo te he redimido,
Te he llamado por tu nombre;
Mío eres tú" (Isaías 43:1).

II.-   Dios puede librarnos de los peligros.

"Cuando pases por las aguas, yo estaré contigo,
y si por los ríos, no te anegarán; cuando pases por
el fuego, no te quemarás, ni la llama te abrasará"
(Isaías 43:2)

III.- Dios puede honrarnos por el hecho de que nos ama.

"Porque te amo y eres ante mis ojos precioso
y digno de honra" (Isaías 43:4, NVI).

IV.- Dios puede justificarnos ante su presencia.

"Yo, yo soy el que borro tus transgresiones
por amor a mí mismo,
Y no recordaré tus pecados" (Isaías 43:25).

Compañero, ¿notaste este último versículo que he citado? El versículo 25. El mensaje es que Dios dice que tú y yo somos perdonados porque él así lo ha dispuesto; dice: "… por amor a mí mismo". Otra versión de la Biblia, dice: "Yo, sí, yo solo, borraré tus pecados por amor a mí mismo y nunca volveré a pensar en ellos." (Isaías 43:25 NTV).

Una de las actitudes que tomamos en los momentos de crisis es que, cuando algo empieza a ir mal en nuestra vida, automáticamente pensamos que Dios nos está castigando. Llega a nuestra memoria algunas cosas o actos de los que ahora nos avergonzamos; aunque hay sido el año pasado o hace varios años, ¡nos avergüenza! Y entonces, creemos que Dios ahora está arreglando las cuentas. La pregunta que tú, compañero, y yo debemos hacernos es: ¿Realmente Dios trata a sus hijos de esta manera? ¡Por supuesto que no! Isaías dice que Dios no usa nuestros pecados contra nosotros. Una vez que confesamos nuestros pecados a Él, todo está perdonado y olvidado, y ni siquiera recuerda el pasado. Si tú, compañero de viaje, eres cristiano, presta mucha atención a lo que Pablo les dijo a los hermanos de Éfeso: "Dios nos escogió en él antes de la creación del mundo, para que seamos santos y sin mancha delante de él. En amor nos predestinó para ser adoptados como hijos suyos por medio de Jesucristo, según el buen propósito de su voluntad para

alabanza de su gloriosa gracia, que nos concedió en su Amado"
(Efesios 1:4-5, NVI).

¿Te das cuenta que cuando Dios te mira, te ve a través de
Jesucristo? Cuando Jesús murió en la cruz, Él pagó por todos tus
pecados, por lo que son perdonados y olvidados. Es por eso que
ser cristiano... ¡son sólo BUENAS NOTICIAS! Tan buenas
son que casi le puedo oír decir: "Ahora te veo sin una sola falla.
Estás delante de mí y te cubro con mi amor". ¡Aleluya! ¿Te das
cuenta? ¡Eso es estar parado o sentado sobre una Gran Roca!

Ahora bien, si el Dios del profeta Isaías es "el SEÑOR; y
fuera de él no hay salvador" (Isaías 43:11), entonces, compañero,
¡qué esperamos! ¡Subamos a su "cúspide" y disfrutemos de toda
la hermosura a su alrededor mientras estamos bien seguros en
su fuerza! Cuando todos nuestros pecados son perdonados,
entonces, las noticias del Evangelio de Jesucristo son una delicia;
una frescura como la briza que recibíamos en la Gran Roca
de San Felipe Usila; son una fuerza que separa las turbulentas
aguas de maldad de tal manera que somos libres de ellas sin
hacer absolutamente nada: la Gran Roca hace toda la fuerza.

Compañero, ¿Lo harás conmigo, mi estimado compañero
de viaje, lo harás? Quiero recordarte las palabras del salmista
cuando se sintió agobiado por las circunstancias que le rodeaban,
exclamó, diciendo: "Pero el Señor es mi protector, es mi Dios
y la roca en que me refugio" (Salmo 94:22, NVI). ¿Y quién
más podría librarle? Inspirado por el Espíritu Santo, mientras
leía estas palabras, Augustus M. Toplay, en 1775 compuso el
siguiente Himno, titulado:

Roca de la Eternidad

**Roca de la eternidad, fuiste abierta tú por mí;
Sé mi escondedero fiel, paz encuentro sólo en ti:
Rico, limpio manantial, en el cual lavado fui.**

Aunque sea siempre fiel, aunque llore sin cesar,
Del pecado no podré justificación lograr;
Sólo en ti teniendo fe sobre el mal podré triunfar.
Mientras halla de vivir, y al instante de expirar;
Cuando vaya a responder en tu augusto tribunal,
Sé mi escondedero fiel, Roca de la eternidad.[12]

No hay, pues duda: ¡El Dios de Isaías es una Gran Roca! Augustus M. Toplay entendió perfectamente esta similitud; por eso escribió este hermoso Himno: *Roca de la Eternidad.* Entendió que Dios es una Gran Roca que no solamente es grande y protectora sino que aun más, es una Roca con suficiente poder y autoridad como para soportar y ayudar a todo ser humano que necesite descansar de cualquier fatiga mundana o de cualquier ataque del enemigo. Entonces, pues, es interesante y de gran valor entender que cuando se habla de la autoridad divina: "El Nuevo Testamento emplea el vocablo *exousía* para indicar autoridad. ... *Exousía* puede usarse con el énfasis en la legitimidad del poder realmente ejercido o en realidad de poder que se posee legítimamente",[13] tal y como lo muestra la profecía de Isaías, por esto y mucho más,...

¡El Dios de Isaías es una Gran Roca en la
cual se puede confiar a plenitud!

---

[12]   Augustus M. Toplay, 1775, 1776. Tr. T., M. Westrup. Música TOPLAY, Thomas Hastings, 1832. *Roca de la Eternidad.* (El Paso, Texas. Casa Bautista de Publicaciones. Himnario Bautista. 1978), Himno # 159.

[13]   Pablo Hoff. *Teología Evangélica: Tomo 1/ Tomo 2.* (Miami, Florida. Editorial Vida.2005), 159.

Él es Único

Mas ahora escucha, Jacob, siervo mío, Israel, a quien yo he escogido.

Así dice el Señor que te creó, que te formó desde el seno materno, y que te ayudará: "No temas, Jacob, siervo mío, ni tú, Jesurún, a quien he escogido.

"Porque derramaré aguas sobre la tierra sedienta, y torrentes sobre la tierra seca; derramaré mi Espíritu sobre tu posteridad, y mi bendición sobre tus descendientes.

. . . Este dirá: "Yo soy del Señor", otro invocará el nombre de Jacob, y otro escribirá en su mano: "Del Señor soy", y se llamará con el nombre de Israel.

Así dice el Señor, el Rey de Israel, y su Redentor, el Señor de los ejércitos: Yo soy el primero y yo soy el último, y fuera de mí no hay Dios".

Isaías 44:1-3; 5-6.

¡Y NO SE HA CANSADO! El profeta Isaías sigue cantando el hermoso himno que lleva el título de: EL CÁNTICO DEL SIERVO DEL SEÑOR". Sigue cantando en un hermoso tono. Compañero, ¿lo escuchas? Sé que lo estás escuchando, pues te veo muy atento a lo que el profeta dice en su canto. Por tu actitud me doy cuenta que es una melodía que llega hasta lo más profundo de nuestro ser. Allí le vemos emocionarse al son de la música y la revelación que Dios le ha dado para su pueblo. Especialmente cuando habla de la Soberanía del Dios de Israel y su gran compasión para con su pueblo. Seguramente que al entonar este cántico del capítulo cuarenta y cuatro de su libro, Isaías estaba pensando o Dios le hizo recordar uno de los episodios de la vida del profeta Elías; aquel momento en que Dios se dio a conocer a su pueblo que Él era sobre todos los dioses, especialmente sobre Baal y Asera en el Monte Carmelo.

En I Reyes 18 se narra la historia de Elías, el profeta del Dios de Israel, y los profetas del dios Baal y de la diosa Asera. No se trataba de un mero duelo porque no se presentó ninguna batalla, más bien fue una demostración de que el Dios de los israelitas es el UNICO DIOS que es capaz de ayudar, de compartir su Santo nombre con los pecadores y que, también es capaz de redimir a los humanos en cualquier circunstancia. Y allí en el Monte Carmelo lo probó. Allí El mismo manifestó que Él ERA, ES y seguirá SIENDO mucho más poderoso que cualquier otro dios.

¿Por qué es mucho más poderoso que los otros dioses? Porque Él es la roca de seguridad; Él es el que promete y no olvida sus promesas; porque Él es el Creador y sustentador no sólo de los hombres y mujeres, sino aun de todo el universo.

El cántico de Isaías me hizo recordar que en marzo de 1998 visité una base aérea en el sur de California, USA. Dentro de todos los aviones y avionetas de todos los tipos, usos y tamaños, sobresalía el *C-17 Globemaster III*, un imponente avión de casi 100 toneladas de peso; ¡único en su estilo! En su interior puede llevar dieciséis jeeps con todo y su tripulación, el equipaje y hasta 100 soldados más, todos bien equipados para la batalla. El *C-17 Glomemaster III* no es un avión de combate pero es una gran ayuda en la guerra. Aunque su vuelo es lento, es seguro y en su interior puede llevar todo lo necesario para ganar una batalla. Ver al *C-17 Globemarter III* cruzar los aíres es una visión fantástica. Se ve majestuoso. Y el ruido de los potentes motores es algo que a cualquiera impresiona. Sí, compañero, el *C-17 Gobemarter III*, ¡es único en su estilo de vuelo!

Me imagino que los soldados en batalla cuando ven llegar al *C-17 Globemaster III* en su auxilio deben de sentir un gran alivio. Creo pues que, Elías sintió lo mismo cuando el Todopoderoso y Majestuoso Dios de Israel vino en su auxilio y consumió todo el contenido del altar, incluso las piedras (I Reyes 18:38). Ver al *C-17 Globemaster III* volar casi sobre mi cabeza y oír sus potentes motores aquel día de marzo de 1998, me causó una impresión tan agradable que cada vez que pienso en ese momento casi escucho su ruido y casi siento el aíre caliente que me rodea. Alzo los ojos más allá y al mirar las nubes o el firmamento pienso en lo que el profeta Isaías estaba cantando ese día allá en Jerusalén: "No tiemblen ni se asusten. ¿Acaso no lo anuncié y lo profetice hace tiempo? Ustedes son mis testigos. ¿Hay algún Dios fuera de mí? No, no hay otra Roca; no conozco ninguna" (Isaías 44:8, NVI). Al mismo tiempo el salmista le hacía eco al profeta Isaías al entonar la melodiosa canción, diciendo: "Oh Señor, Tú has formado a todas las naciones, y ellas vendrán a ti para adorarte y para glorificar tu nombre. Porque sólo tú eres Dios; ¡tú eres grande y haces maravillas!" (Salmo 86:9-10, VP).

¿Y sabes qué, compañero? Creo que precisamente eso fue lo que sintieron y pensaron todos aquellos israelitas que estaban en el Monte Carmelo con Elías, pues cuando todo el pueblo vio y oyó lo que Dios había hecho, se postraron sobre su rostro y dijeron: "El SEÑOR, Él es Dios; el SEÑOR, Él es Dios" (I Reyes 18:39).

Ahora bien, para Elías y los israelitas en el Monte Carmelo, el Dios de Israel es un Dios Majestuoso. Para el profeta Isaías ese mismo Dios no fue menos que lo que fue para Elías. Luego pues, ¿qué es para nosotros, compañero? Lo que debe de ser es nada más y nada menos que lo mismo que fue para los profetas

Elías e Isaías. El Dios de la Biblia no merece una categoría inferior: ¡Él es el Dios Majestuoso! Él es el que se levanta sobre las nubes y más allá, el que está sentado sobre su trono. ¡El ES UNICO! ¡El SEÑOR es el único Dios! Y sin embargo, dentro de esa unicidad o monoteísmo teológico, todavía hay algo más asombroso dentro de la personalidad del Dios de Isaías; su intenso deseo de compañerismo con el hombre. Así que debemos, también de preguntarnos:

¿Cómo muestra Dios su compañerismo
con el hombre?

I.-   Le comparte su nombre.

"Este dirá: "Yo soy del Señor", otro invocará
el nombre de Jacob, y otro escribirá en su mano:
"Del Señor soy" y se llamará con el nombre de
Israel" (Isaías 44:5).

II.-   Le asegura su compañerismo; su presencia y su Soberanía.

"Así dice el SEÑOR, el Rey de Israel, y su
Redentor, el SEÑOR de los ejércitos: "Yo soy el
primero y yo soy el último, y fuera de mí no hay
Dios" (Isaías 44:6).

III.-   Le aconseja acerca del futuro.

"¿Y quién como yo? Que lo proclame
y lo declare" (Isaías 44:7ª).

¡Wauuu! ¿Lo notaste? ¡Compañero!, ¿Te diste cuenta de lo que somos en Dios? ¿Te diste cuenta de lo que tenemos en el Dios del profeta Isaías? Por si acaso no lo notaste, te lo digo:

1.- En Dios y por causa de Él, tenemos otro nombre, hoy nos llamamos cristianos.

2.- En Dios, y por causa de Él, hoy somos redimidos, pues Él es nuestro Redentor.

3.- En Dios, y por causa de Él, hoy tenemos seguridad presente y futura, pues Él es nuestra Roca de seguridad.

¡Aleluya, Él es el Único Dios!

Siete Privilegios Del Siervo de Dios

Yo iré delante de ti y allanaré los lugares escabrosos; romperé las puertas de bronce y haré pedazos sus barras de hierro.

Te daré los tesoros ocultos, y las riquezas de los lugares secretos, para que sepas que soy yo, el Señor, Dios de Israel, el que te llama por tu nombre.

Por amor a mi siervo Jacob y a Israel mi escogido, te he llamado por tu nombre; te he honrado, aunque no me conocías.

Yo soy el Señor, y no hay ningún otro; fuera de mi no hay Dios, Yo te ceñiré, aunque no me has conocido,. . .

Yo lo he despertado en justicia, y todos sus caminos allanaré. El edificará mi ciudad y dejará libres a mis desterrados sin pago ni recompensa - dice el Señor de los ejércitos.

Así dice el Señor: Los productos de Egipto, la mercadería de Cus y los sabeos, hombres de gran estatura, pararán a ti y tuyos serán; detrás de ti caminarán, pasarán encadenados y ante ti se inclinarán.

Te suplicarán; 'Ciertamente Dios está contigo y no hay ningún otro, ningún otro dios'. Isaías 45:2-5; 13-14

Compañero, antes de que el profeta Isaías nos siga catando y nos diga con su muy melodioso canto cuales son los siete privilegios del siervo de Dios, te quiero contar una historia; es una de muchas historias que suceden entre los estudiantes seminaristas. Tú ya sabes, cuando somos estudiantes de algún seminario y estamos internos, día con día hay algo nuevo; una nueva experiencia llega a nuestra vida.

Contaba, pues, el Presbítero y gran pastor, Juan García, que cuando llegó al *Seminario Teológico Presbiteriano* en la ciudad de México, en su primera presentación en la Capilla de la Institución se le pidió que fuese vestido dignamente. Es decir, con saco corbata y de ser posible, camisa blanca. El hermano García llegó al Seminario capitalino desde una de las sierras de México. Llegó, por lo tanto, con sus huaraches, sus sencillas camisas de colores y dos pantalones no muy elegantes – la mezclilla en ese entonces estaba barata -, una Biblia sucia del polvo de su pueblo, una caja de cartón como maleta y, como portafolio un morral hecho en casa.

Como era de suponerse, el hermano García era la "comidilla" (objeto de burla) de sus elegantes y educados condiscípulos seminaristas que ya se consideraban como capitalinos. Aquel día, cuando tuvo que presentarse vestidos dignamente en la capilla, al no tener la ropa adecuada, sus "compañeros" – nota que lo pongo entre comilla -, le prestaron un pantalón más largo que su estatura. Al saco, también prestado, le arremangó las mangas para poder tener sus manos libres. La corbata era toda "una lengua de vaca". Los zapatos, que nunca había usado, le quedaban grandes y se le salían al caminar. Además, ni el pantalón, ni la corbata, ni el saco, ni aun los zapatos y la camisa combinaban en los colores y estilo. Por su puesto que, frente a todo el auditorio en la Capilla, "parecía más ridículo con esa vestimenta que con mis ropas pueblerinas - decía el hermano García - . Por eso - continuo diciendo -, al pararme frente a la audiencia; compuesta por los profesores y estudiantes del Seminario, todo mundo se reía de mí."

Sin embargo, el Pastor García, terminó sus estudios teológicos. Tomó más de un pastorado. En los años 70s y 80s estuvo pastoreando la *Iglesia Presbiteriana "La Santísima Trinidad"* de la ciudad de Orizaba, Veracruz, México. Por cierto, esa iglesia es la más grande en la región tanto en número de personas como en edificio, además, era el edificio más moderno en todo el estado de Veracruz. También, el pastor García, llegó a ser el presidente del Presbiterio Nacional, el cual le permitió viajar al extranjero; Estados Unidos, Sudamérica y Europa, para cumplir con sus múltiples ocupaciones presidenciales. En el mes de julio de 2002, cuando escribí este borrador, el Pastor García, estaba pastoreando una de las dos iglesias Presbiterianas de la ciudad de Córdoba y, al mismo tiempo estaba como profesor de Biblia, Consejería y Cuidado Pastoral en el Centro Educativo Indígena, en Córdoba Veracruz.

Regresemos al Oriente; a los tiempos de los Medas y Persas (559-530 a. C.) y allí, nos encontraremos con Ciro, el hombre que llegó a ser el rey de los Medos y Persas y conquistador de Babilonia y todo su imperio. Este hombre, fue traído y seleccionado por Dios para ser el rey de Babilonia y libertador de Israel desde las tierras de Media y Persia. El Pastor Juan García fue traído por Dios desde un pueblo sobre las montañas de México para ser el Presidente del Presbiterio Nacional Veracruzano, ¿lo recuerdas? En vista de esta similitud de llamamiento, en el hermano García se cumplen, también las palabras de Isaías a Ciro, palabras que el profeta pronunció hace unos 700 años antes de Cristo. En aquella ocasión, el profeta Isaías le anunció, aunque Ciro aun no nacía, que Dios le estaba proporcionando siete privilegios por ser su siervo.

Y, es así que, tanto en el rey Ciro como en el Pastor García, podemos ver hoy día esos grandes y tremendos privilegios que Dios ofrece a sus siervos. Allí están, y tú y yo fuimos testigos cuando el profeta Isaías los anunció allá en el patio frente al Palacio del rey Ezequías, ¿te acuerdas? Allí el profeta hizo público estos siete privilegios que Dios proporciona a sus siervos:

I.-   El siervo de Dios tiene un camino seguro.

> "Yo iré delante de ti y allanaré los lugares escabrosos; romperé las puertas de bronce y haré pedazos sus barras de hierro" (Isaías 45:2).

II.-   El siervo de Dios tiene un nombre.

> "Para que sepas que soy yo, el Señor, Dios de Israel, el que te llama por tu nombre" (Isaías 45:3b).

III.-   El siervo de Dios tiene honra.

> "Por amor a mi siervo Jacob y a Israel mi escogido, te he llamado por tu nombre; te he honrado, aunque no me conocías" (Isaías 45: 4).

IV.-   El siervo de Dios tiene sólo un Señor.

> "Yo soy el Señor, y no hay ningún otro; fuera de mi no hay Dios" (Isaías 45:5).

V.-   El siervo de Dios tiene la capacidad de fructificarse.

> "Destilad, oh cielos, desde lo alto, y derramen justicia las nubes; ábrase la tierra y dé fruto la salvación, y brote la justicia en ella" (Isaías 45:8).

VI.- El siervo de Dios tiene la habilidad de un edificador/
constructor.

"El edificará mi ciudad" (Isaías 45:13).

VII.- El siervo de Dios tiene la autoridad para ser un
gobernador.

"Los sabeos, hombres de gran estatura,
pasarán a ti y tuyos serán;
detrás de ti caminarán, pasarán encadenados y
ante ti se inclinarán.
Te suplicarán" (Isaías 45:14).

Así es, compañero. ¡Dios sabe cómo gratificar al que El
llama! No importa la capacidad, la raza o el lugar de nacimiento –
en Dios no hay racismo ni discriminación -. Sencillamente, el
que es elegido por Dios, todo lo que tiene que hacer, es darse
cuenta "que desde el nacimiento del sol hasta donde se pone, no
hay ninguno fuera de. . . el SEÑOR" que lo ha llamado a ser su
siervo (Isaías 45:6). Ahora bien, cuando el siervo de Dios se da
cuenta de estas bendiciones y capacidades que tiene en Dios, y
de la capacidad y autoridad que existe en el que llama, entonces,
como en una manera de cooperación divina-humana, aunque
Dios no necesariamente necesita tal unión, el Dios de Isaías y
nuestro también, es capaz, porque tiene toda autoridad en todo
el universo y fuera de él (Mateo 28:16-20), de poner en alto al
que es ungido por El.

¿Y sabes qué, compañero? Dios desea tomarnos de la "mano
derecha para someter a su dominio las naciones y despojar de su
armadura", o de sus "artimañas", como lo dice Pablo, al mismo
Satanás. Desea que nosotros, sus siervos, con toda esa autoridad
divina podamos abrir "a su paso las puertas y dejar abiertas
las entradas", para que "todo el que cree en [Jesucristo] no se
pierda, sino que tenga vida eterna" (Isaías 45:1; 2 Corintios 2:11;

Juan.3:16, NVI). Este es otro de los grandes privilegios del Siervo de Dios y una de las grandes responsabilidades que debemos de cumplir al pie de la letra como buenos administradores de los misterios de Dios (Efesios 3:1-12).

Ciro, cuando fue tomado por Dios de la mano derecha logró el deseo de Dios; el pastor Juan García, cuando fue tomado por Dios de la mano derecha, logró los propósitos de Dios para su vida. Otros siervos de Dios, en la Historia de la Iglesia Cristiana, cuando fueron tomados por Dios de sus manos derechas, ¡lograron los objetivos de Dios para los cuales fueron seleccionados como siervos de Jesucristo!

Así, compañero, si dejamos que Dios nos tome de la mano derecha, y le servimos como buenos siervos suyos, entonces, sin lugar a dudas, podremos aplicar en nuestro mundo contemporáneo los *Siete Privilegios* que tenemos en Dios por el hecho de que él mismo, en su misericordia y gracia, nos ha llamado a ser:

Siervos de Jesucristo.

¡El Si Puede!

Escuchadme, casa de Jacob, y todo el remanente de
la casa de Israel, los que habéis sido llevados por mí
desde el vientre, cargados desde la matriz.
Aunque hasta vuestra vejez, yo seré el mismo, y
hasta vuestros años avanzados, yo os sostendré.
Yo lo he dicho, y yo os cargaré;
Yo os sostendré, y yo os libraré.
. . . "Mi propósito será establecido, y todo lo que
quiero realizaré".

Isaías 46:3-4; 10

EL SILENCIO ES NOTORIO, nosotros seguimos
sentados sobre uno de los escalones que forman parte del
Palacio del rey Ezequías. Por segundos, nadie pronuncia
una sola palabra. El profeta Isaías ha dejado de cantar, le vemos
un poco serio. Haciendo una pausa, como tomando un poco de
aire, interrumpe el silencio; comienza a predicar acerca de algo
que ya había cantado. Por eso es que, el capítulo 46 continúa
el tema del capítulo anterior. El tema que el profeta ha estado
predicando es sobre: "Quién es el Verdadero Dios y lo que no
puede hacer la idolatría".

¿De qué está hablando el profeta? Compañero, estoy
escuchado al profeta que habla en tono de dolor pero al mismo

tiempo con firmeza. Pero, ¿de qué está hablando? ¿Acaso habla de alguna rivalidad divina? ¿Habla de alguna inquietud humana? ¿Habla de algún dolor emocional que le molesta? Compañero, no creo que esté hablando de una rivalidad divina, pues el Dios de Isaías no tiene rivales; nadie es igual que él. ¿Tiene envidiosos? ¡Sí! Satanás es uno de ellos, en un tiempo en la eternidad quiso ser igual a Dios o aun superior a él (Isaías 14:12-15; Ezequiel 28:12-19). Compañero, seguramente que te recuerdas que en el mes de marzo de 1966, cuando estaba el apogeo de los Beatles, uno de sus integrantes, John Lennon, dijo: "El cristianismo se acabará",… Se desvanecerá y desaparecerá. No tengo ninguna duda sobre ello. Estoy en lo cierto y se verá en algunos años que tengo razón. Somos más populares que Jesús ahora".[14] Y tal vez lo eran en ese "ahora" del que hace referencia Lennon, pero aun así, ellos no fueron rivales para el Dios de Isaías. Tampoco el profeta está hablando de una inquietud de los seres humanos, sino que más bien está haciendo referencia a una práctica pagana e irracional de sus contemporáneos; la idolatría.

¿Irracional? ¡Claro que sí! El tema del que está hablando el profeta es un tema en el que hace notar que los que siguen la idolatría es gente que a la postre será avergonzada y humillada: "Todos los que hacen ídolos serán avergonzados y humillados, y juntos marcharán a su humillación", es decir, al cautiverio babilónico, y así sucedió: ¡fueron llevados por el rey Nabucodonosor al cautiverio! (Isaías 45:16). ¿Por qué? porque era gente sin el conocimiento del Verdadero Dios, pues en lugar de procurar conócelo, se dedicaron a la hechura de ídolos.

Los contemporáneos de Isaías fueron personas con dioses que se derrumbaron; fueron dioses a los cuales había que

---

[14] Maureen Cleave. *Historias de los Beatles: John Lennon: "Somos más famosos que Jesucristo"*. (La Habra, California. Internet. Consultado el 18 de diciembre del 2015), 1
http://historiasbeatles.com/john-lennon-somos-mas-famosos-que-jesucristo/

cargarlos: "Bel[15] se inclina, Nebo[16] se somete; sus ídolos son llevados por bestias de carga. Pesadas son las imágenes que por todas partes llevan; son una carga para el agotado" (Isaías 46:1, NVI). ¿Por qué tiene que cargarlo? Porque es un dios que no puede caminar por sí solo, ni puede escuchar absolutamente nada (Isaías 45:20; 46:7).

Todo lo contrario es el Dios de Israel, el cual es un Dios "Justo y salvador". Uno que se atreve a decir con pruebas: "¿Acaso no lo hice yo, el Señor? Fuera de mí no hay otro Dios; Dios justo y Salvador, no hay ningún otro fuera de mí" (Isaías 45:21, NVI). Compañero, ¿lo notas? Esto que acaba de decir el Dios de Isaías es muy atrevido. Por eso tengo que preguntarme: ¿Por qué tanta firmeza en ser justo, Salvador y el único Dios? Y el mismo me da la respuesta por medio de Isaías; "Porque yo soy Dios – dice el Señor de Israel –, y no hay otro; yo soy Dios y no hay ninguno como yo" (Isaías 46:9).

¡Wauuu! ¡Esto es asombroso! ¿Verdad que sí, compañero? Nuestro guía por esta tierra de Palestina nos asegura que su Dios, el Dios de Israel es un Dios que SI PUEDE, que puede hablar y moverse, aún más, lo que Él dice lo hace y puede hasta llegar al que lo necesita, pues El planea y El mismo lo hace. Sus firmes declaraciones son asombrosas. Él dice:

"Yo anuncio el fin desde el principio; desde los tiempos antiguos, lo que está por venir.

---

[15]   *Bel.* Nombre de un Dios babilónico originariamente patrono de la ciudad de Nippur, pero que luego pasó a ser el segundo nombre del dios Marduk de Babilonia. (S. Leticia Calcada: Edición General: Diccionario Bíblico Ilustrado: Holman. Nashville, Tennessee. Editorial B&H Publishing Group. 2008), 217.

[16]   *Nebo.* Dios babilónico del lenguaje, la escritura y el agua. La adoración a Nebo era común durante el periodo neobabilónico (612-539 a.C.). (S. Leticia Calcada: Edición General: *Diccionario Bíblico Ilustrado: Holman*), 1147.

Yo digo: Mi propósito se cumplirá, y haré todo lo que deseo.
Del oriente llamo al ave de rapiña; de tierra distante al hombre que cumplirá mi propósito. Lo que he dicho, haré que se cumpla; lo que he planeado, lo realizaré" (Isaías 46:10-11, NVI).

En otras palabras, en el Dios de Israel, en el que confiaba el profeta Isaías, ¡SÍ SE PUEDE CONFIAR! ¿Por qué? Porque Él es el Dios que está sobre toda idolatría sin que esta le pueda ser un rival. Creo sinceramente que esta es la razón por la cual Dios mismo le da una recomendación a su pueblo Israel. Pero, esa recomendación no es solamente para ellos, sino que también es para ti, compañero de viaje, y también es una recomendación para mí. Esta recomendación, dice: "Recuerden esto rebeldes; piénselo bien, ¡fíjenlo en su mente!" (Isaías 46:8, NVI). ¿Rebeldes? ¡Ah, chihuahua! Bueno, la verdad es que en el fondo o en alguna parte de nuestras prácticas y actitudes somos rebeldes hacia Dios.

En fin, rebeldes o no, compañero, te invito a que abordemos una vez más el avión; ¡nos vamos a Oaxaca, México! Quiero contarte una historia pero quiero que estemos allí para volverá vivirla. Desde el centro de la tribu chinanteca en la parte Norte del estado de Oaxaca, México; en San Felipe Usila, pueblo - que tú ya conoces, pero que te lo vuelvo a presentar - situado en los límites de la Sierra Madre del Sur en la República mexicana, desde allí, cierto día, en tiempo de lluvias, mientras me encontraba en esa zona en una gira misionera, le tocó en turno la visita a los hermanos de San Pedro la Alianza; y hacia ella nos dirigimos. Mi compañero de viaje en aquella ocasión fue Taurino Santiago, un joven de origen chinanteco y el cual me servía de intérprete. Así pues, aquel día, mientas nos encaminábamos hacia San Pedo la Alianza, Taurino montó sobre un burro y yo sobre un mulo y comenzamos el viaje hacia el Oeste; hacia las montañas.

La distancia entre Usila y San Pedro la Alianza es sólo de unas cinco horas caminando, pero como en aquella ocasión haríamos el viaje sobre el lomo de las bestias, luego pues, el tiempo se reduciría a unas tres horas y media de viaje. Durante la temporada de lluvias, en esa zona llueve mucho y a cada rato, por eso es que, aunque salimos con un sol caliente a las 10:00 a.m., en tan sólo diez minutos de camino dejamos el valle y comenzamos la subida de la primera montaña y al llegar a su cúspide, la lluvia nos empapó, literalmente, nos empapó, pues no llevamos nada para cubrirnos de la lluvia: En Usila el sol estaba caliente y no se presentaban señales de lluvia, así que, no cargamos con nada para protegernos de ella. Con el chubasco que cayó, el camino se volvió lodoso y resbaladizo. Pero aun así, continuamos subiendo la montaña, las bestias estaban acostumbradas a este tipo de camino. Aunque se notaba la dificultad de ellas al caminar; ya no seguían con la misma velocidad, y por otro lado, el frío de la montaña nos estaba calando hasta los huesos.

Cuando llegamos al pie de la segunda montaña vimos el camino serpenteando sobre una subida de casi unos doscientos a trecientos metros de larga; así que el camino era mucho más largo, pues iba en zig zag hacia la cúspide; era imposible subirlo en línea recta, mucho más difícil fue en aquel día, día en que la lluvia no dejaba de caer y que había hecho y estaba haciendo un verdadero campo de lodo y agua corriendo hacia abajo; hacia el arroyo en el fondo de la montaña. Era un pequeño arroyo pero aquel día era un río que causaba mucho respeto.

Aun no habíamos llegado a la mitad de la montaña cuando las bestias, como si se hubiesen puesto de acuerdo, las dos, casi al mismo tiempo resbalaron y collerón entre el lodo. No sólo nuestro equipaje que llevábamos sobre las bestias de carga estaba mojado, también apachurrado y completamente enlodado. Con mucha dificultad y, por supuesto, también nosotros completamente mojados y enlodados, tomamos los lazos que estaban amarrados a los cuellos de las bestias y comenzamos a jalarlas. Taurino y yo nos cargamos nuestro equipaje para aligerar a las bestias y delante de ellas caminábamos jalándolas. Con las manos maltratadas por estar jalando a las bestias y agarrándonos de árboles, arbustos y piedras para no resbalar, con las rodillas casi sangrando, sin fuerzas y con un hambre que nos estaba debilitando más, al fin logramos llegar a la cúspide; ¡a San Pedro la Alianza! ¡Wauuu, qué alivio! ¡Qué bendición! Nuestro viaje que supuestamente lo haríamos en tres horas y media, ¡fue de nueve horas! Pero, después de ese tiempo, ¡ya estábamos a salvo!

¿Por qué tanto tiempo? Y la respuesta es muy sencilla. En los momentos de mayor dificultad, cuando más necesitábamos de la fuerza de las bestias de carga para lograr nuestro objetivo en menos tiempo, ¡nos fallaron! Pero no sólo nos fallaron, sino que también nos quitaron el tiempo, nos provocaron lastimaduras y nos echaron a perder nuestro equipaje; entre ellos nuestras Biblias, mientras les ayudábamos a llegar a la cumbre de la montaña.

¡Ah, qué día tan terrible en la sierra usileña! Cuando más ayuda necesitábamos, no había nadie que nos ayudara. Casi puedo ver en la cara del profeta Isaías la misma angustia que sentía, no por soportar el frío, la lluvia y todavía jalar a las bestias de carga, sino angustia por su pueblo, el cual se había dado a la idolatría. Compañero, creo que ya entiendes el cómo son los falsos dioses, ¿verdad que sí? Pero si no, escucha esto; los falsos dioses son como esas bestias de carga que Taurino y yo usamos en la sierra chinanteca en el camino hacia San Pedro La Alianza. A la hora de la verdad resbalan y caen. No pueden con la carga; no pueden con el peso y las necesidades de los humanos. Todo lo contrario, necesitan de nuestra ayuda. ¿Y qué dios es confiable si necesita la ayuda de los humanos? ¡Ninguno! La ironía espiritual en la idolatría es que el que debe ayudar es ayudado. El que debe aconsejar lo mejor deja que sus adoradores cometan, en sus desesperaciones; en su búsqueda de ayuda divina, los más viles actos de crueldad e insensatez.

Por ejemplo, antes de que Adriano llegase a ser el emperador de Roma, mientras estaba como gobernador de Siria dijo lo siguiente:

> "Las más urgentes tareas parecían vanas, desde el momento que me estaba vedado adoptar, como señor, decisiones referentes al futuro; necesitaba tener la seguridad de que iba a reinar para sentir de nuevo el placer de ser útil. Aquel Palacio de Antioquía, donde algunos años más tarde habría de vivir en una especie de frenesí de felicidad, era para mí una prisión, y tal vez una prisión de condenado a muerte. Envié mensajeros secretos a los orácilos, a Júpiter Amón, a Castalia, a Zeus Doliqueno. Me rodeé de magos; llegué al punto de hacer traer de los calabozos de Antioquía a un criminal condenado a la crucifixión y a quien un hechicero degolló en mi presencia, con la esperanza de que el alma, flotando un instante entre la vida y la muerte, me revelara el porvenir. Aquel miserable se salvó de una agonía más prolongada, pero las preguntas formuladas quedaron sin respuesta. De noche andaba de vano en vano, de balcón en balcón, por las salas del palacio cuyos muros mostraban aun las fisuras del terremoto, trazando aquí y allá cálculos astrológicos en las losas, interrogando las estrellas titilantes. Pero los signos del porvenir había que buscarlos en la tierra".[17]

¡Qué doble error de Adriano! Primero; Practicar los frutos de la idolatría, como son la hechicería, la brujería y la astrología en su desesperación por conocer el futuro. Y segundo error;

---

[17] Marguerite Yourcenar. *Memorias de Adriano*. Círculo de Lectores. (Bogotá, Colombia: Editorial Minotauro. 1984), 71.

buscar las respuestas en la tierra en lugar de consultar con el Señor del Cielo, el que está sentado sobre su trono, del cual se dice que: "Digno eres, Señor Dios, de recibir la gloria y el honor y el poder, porque tú creaste todas las cosas, y por tú voluntad existen y fueron creadas" (Apocalipsis 4:11). Pero, ¿por qué consultar con Él acerca del presente y el futuro y no con la idolatría? Porque el Dios del que estamos hablando es "Alto y Sublime", es eterno, pues "vive para siempre", y su "nombre es santo". Es un Dios que mora en las alturas y rodeado de santidad pero, al mismo tiempo es u Dios que habita con el que está quebrantado y humilde de espíritu. Vive entre ellos "para vivificar el espíritu de los humildes y para vivificar el corazón de los contritos" o quebrantados de espíritu (Isaías 57:15). ¿Te das cuenta, compañero? ¡Allí es en donde está toda la ayuda que necesitamos!

Si tan sólo hubiésemos sabido, aquel día allá en Usila, que las bestias iban a ser una carga para nosotros en lugar de una ayuda, nunca las hubiéramos llevado. Lo mejor que hubiéramos hecho era lo mismo que hacía en cada viaje misionero, cargar mi pequeña maleta, encomendarme a mi Dios y caminar.

¡Nunca me imaginé que las amables bestias nos serían una carga! Pero, en el caso de los israelitas, sí sabían, a partir del momento en que el profeta Isaías les estaba advirtiendo del peligro y de la insensatez de fabricar dioses y adorarlos, los israelitas entendieron que confiar en la idolatría no traería ningún bien. El profeta Isaías lo predicó allí en Jerusalén diciendo:

> "Se ha postrado Bel, se derrumba Nebo; sus imágenes son puestas sobre bestias, sobre animales de carga.
> Vuestros fardos son pesados, una carga para la bestia fatigada.

Se derrumbaron, a una se han postrado; no
pudieron salvar la carga, sino que ellos mismos han
ido en cautividad."

Isaías 46:1-2

Por cierto, dos días después de que llegamos a San Pedro
la Alianza, continuamos nuestro viaje misionero pero sin el
burro y el mulo; los dejamos atrás y seguimos nuestro camino
sin la preocupación de cuidar de ellos. Este un ejemplo de lo
que cada uno de los que están aún metido en la idolatría deben
hacer; ¡dejar a los ídolos fuera de nuestro *Modus Vivendus*! Por
cierto, compañero, ya que hemos escuchado las palabras del
profeta Isaías, te pregunto: ¿Sigues cuidando a los ídolos en
lugar de que ellos cuiden de ti? ¿Sigues quitándoles el polvo en
lugar de que ellos te quiten tus pecados? ¿Sigues cambiándoles
sus ropas en lugar de que ellos te den la ropa espiritual? ¿Sigues
alumbrándolos con veladoras en lugar de que ellos alumbren tu
diario vivir? No te hago estas preguntas para que te molestes
conmigo; pero aun si así lo haces, de todas maneras, permíteme
darte un doble consejo; ¡Deja a un lado toda esa actividad, no
vale la pena seguir adorando y creyendo en quien no está listo
para seguir ayudando en tiempos difíciles! ¿No lo crees así? ¿No
es lógico lo que te estoy diciendo? En su lugar, yo te aconsejo
que sigas tu camino por esta vida pensando en adorar y servir
al Dios del profeta Isaías; al Dios de la Biblia, porque El SI
PUEDE ayudarte con TODOS los problemas que tengas en tu
peregrinar en esta vida. Y como El SI PUEDE, se compromete
contigo y te dice: "Aun hasta vuestra vejez, yo seré el mismo, y
hasta vuestros años avanzados, yo os sostendré. Yo lo he hecho, y
yo os cargaré; yo os sostendré, y yo os libraré. 'Mi propósito será
establecido, y todo lo que quiero realizaré.' " (Isaías 46:4; 10).

Martín Lutero, el hombre que intentó vanamente reformar
la Iglesia Católica en el Siglo XVI cuando, leyendo la Biblia,
se encontró con unas palabras que el profeta Habacuc había
pronunciado, inspirado por el Espíritu Santo en el siglo VII

a.C., palabras que Martín Lutero tomó como su lema para la Reforma Protestante y que dicen así: *"Mas el justo por la fe vivirá"*. (Habacuc 2:4; Romanos 1:17). Este lema, primero, hizo un impacto interno en la vida de Martín Lutero que le obligó, en cierta manera, a escribir Sus Noventa y Cinco Tesis. ¡La mente del monje agustino había sido transformada por el poder de la Palabra de Dios! El gran doctor de teología en la ciudad de Wittenberg, Alemania, era una persona diferente. Segundo, las palabras del profeta Habacuc provocaron un cambio drástico en el pensamiento y la cultura de su tiempo (1517); un cambio que se conoce como la Reforma Protestante. Dentro de ese cambio, en 1529, Martín Lutero, compuso el siguiente Himno, titulado:

Castillo Fuerte Es nuestro Dios

"Castillo fuerte es nuestro Dios,
Defensa y buen escudo.
Con su poder nos librará en todo trance agudo.
Con furia y con afán acósanos Satán:
Por armas deja ver astucia y gran poder;
Cual él no hay en la tierra.

Nuestro valor es nada aquí,
Con él todo es perdido;
Más con nosotros luchara de Dios el escogido.
Es nuestro Rey Jesús, él que venció en la cruz,
Señor y Salvador, y siendo el solo Dios,
El triunfa en la batalla.

Y si demonios mil están
Prontos a devorarnos,
No temeremos, porque Dios sabrá como ampararnos.

¡Que muestre su vigor Satán, y su furor!
Dañarnos no podrá, pues condenado es ya
Por la Palabra Santa.

Esa palabra del Señor,
Que el mundo no apetece,
Por el Espíritu de Dios muy firme permanece.
Nos pueden despojar de bienes, nombre, hogar,
El cuerpo destruir, mas siempre ha de existir
De Dios el Reino eterno".[18]

  ¡Amén! El, el Dios de Isaías, y mío también,…

  ¡El sí Puede!

---

[18]   Martín Lutero. *Castillo Fuerte es Nuestro Dios*. Tr. al inglés, Frederick
      H. Hedge, 1853. Tr. al castellano, J. B. Cabrera. (El Paso Texas. Casa
      Bautista de Publicaciones. 1978) Himnario Bautista: Himno # 26.

Peligros de la Arrogancia

Ahora pues, oye esto, voluptuosa, tú que moras
confiadamente, que dices en tu corazón: "yo, y nadie
más. No me quedaré viuda. Ni sabré de pérdida de
hijos." Pero estas dos cosas vendrán de repente sobre
ti en un mismo día: pérdida de hijos y viudez.
Vendrán sobre ti en toda su plenitud a pesar de tus
muchas hechicerías, a pesar del gran poder de tus
encantamientos.
Te sentiste segura en tu maldad y dijiste; "Nadie me
ve," tu sabiduría y tu conocimiento te han engañado,
y dijiste en tu corazón: "Yo, y nadie más."

Isaías 47:8-10.

AQUÍ CONTINUAMOS, sentados en las gradas del
Palacio del rey Ezequías. Seguimos escuchando las
palabras del profeta Isaías mientras se dirige con términos
literarios muy fuertes a la Hermosa y Gran Babilonia, que, por
cierto, en el tiempo en que estamos aquí sentados, Babilonia
todavía no llegaba a ser *La Gran Babilonia*. Nabucodonosor,
el rey que engrandeció a Babilonia lo hizo durante los años 602
hasta el 562 a. C, pero, cuando estamos escuchando al profeta
hablar de la Gran Babilonia es aproximadamente el año 740 a.
C. Compañero, ¿cómo es esto? Más de cincuenta años – para
algunos son casi cien años - antes de que Babilonia fuera La

Gran Babilonia, ya el profeta Isaías la ve como tal. ¿Cómo es esto? Muy sencillo, ¡esto es el verdadero don de la profecía! Es decir que cuando existe una profecía y un verdadero profeta, entonces sucede el fenómeno donde existe una: "Recepción y declaración de una palabra de parte del Señor a través de una instancia directa del Espíritu Santo y el instrumento humano correspondiente"[19] y, entonces, el fenómeno profético es correcto.

Compañero, toma nota de esto, de acuerdo a lo que hemos leído, entonces, estamos escuchando algo que aún no sucede, pero que con seguridad sucederá. ¡Y sucedió! Cuando vemos la historia de la ciudad de Babilonia desde nuestro mundo contemporáneo, nos damos cuenta que la profecía de Isaías se cumplió al pie de la letra.[20] ¿Por qué? Compañero, ¡tú sabes la respuesta! Dímela.

¡Exacto, tienes la respuesta acertada!

¿Lo notaste? Escucha bien las palabras o el sentir de Babilonia que se refleja en las palabras del profeta Isaías: "YO, Y NADIE MÁS". ¡Qué actitud tan peligrosa! Tan peligrosa como la enfermedad de la gripe, la cual puede ser controlada con medicamentos pero en cualquier cambio de temperatura vuelve a manifestarse porque allí está el virus. Virus que en cualquier recaída puede causar hasta la muerte.

La arrogancia como la gripe es tan antigua que, en el caso de la arrogancia, podemos retroceder en el tiempo y llegar hasta aquel día en que la arrogancia hizo su aparición en el corazón

---

[19]   Leticia Calcada. *Diccionario Bíblico Ilustrado Holman: Profecía y Profetas*. (Nashville, Tennessee. Editorial B & H Publishing Group. 2008), 1309.

[20]   En el 539 a. C., Ciro II de Persia (el Grande) entró en la ciudad sin batalla de por medio. De este modo concluyó el papel dominante de Babilonia dentro de la política del Cercano Oriente. (Leticia Calcada. *Diccionario Bíblico Ilustrado Holman. Babilonia*), 193.

de Lucifer. De un momento a otro le escuchamos decir: "Yo, y nadie más" (Isaías 47:8). "Subiré al cielo, por encima de las estrellas de Dios levantaré mi trono, y me sentaré en el monte de la asamblea,. . . Subiré sobre las alturas de las nubes, me haré semejante al Altísimo." (Isaías 14:13-14). ¡Qué arrogancia! Compañero, ¿sabías que de acuerdo a la psicología Cristiana, hay personas que son motivadas por el pecado? Hoy entendemos más acerca de que el ser humano en su estado de pecado no desea glorificar a Dios; tiene una mentalidad carnal inclinada hacia el mal, es un mal que lo expresa de una forma egoísta desde su nacimiento. Leyendo al profeta Jeremías, entendemos que el ser humano tiene ya grabado en su corazón la perversidad; su corazón es "engañoso y perverso" (Jeremías 17:9). ¿Sabes qué es esto? ¡Un autoengaño! Esta actitud es la que nos pone de frente ante la situación de no querernos ver tal como somos, y que, "somos peores de lo que pensamos".[21] Ya el apóstol Pablo había dicho que: "… no hay un solo justo, ni siquiera uno; no hay nadie que entienda, nadie que busque a Dios. Todos se han descarriado, a una se han corrompido (se han vuelto inútiles). No hay nadie que hago lo bueno; ¡no hay uno solo!" (Romanos 3:10-12, NVI). ¡Con razón somos arrogantes! Con justa razón tenemos un excesivo orgullo en nuestras personalidades; acto que nos lleva a creer y exigir más privilegios de los que realmente tenemos derechos.

Compañero, ¿qué es lo más peligroso de la arrogancia? ¿Lo recuerdas? Lo más peligroso es que es como la gripe. Recuerda, la gripe se puede controlar con medicamentos. ¿Y la arrogancia? También se puede controlar; su poder se puede limitar con el poder del Espíritu Santo. ¡Claro que la arrogancia es una motivación perversa! "No obstante, esta condición está controlada por Dios a través de lo que en teología se denomina 'la gracia común'. Esto significa que Dios está interviniendo

---

21 Felipe Cortés, Ricardo Crane, Vladimir Rodriguez y Jorge Sobarzo. *Psicología: Conceptos psicológicos prácticos para el obrero cristiano.* (Miami, Florida. Editorial Unilit. 2003), 172.

constantemente en el quehacer del ser humano para que su maldad no llegue a tal extremo que perturbe el desarrollo de los propósitos de Dios en el establecimiento de su Reino (Colosenses 1:13; Mateo 13:24-30, 36-43)".[22]

Pues bien, mientras estamos sentados en uno de los escalones del Palacio del rey Ezequías escuchando al profeta Isaías, nos enteramos de que La Gran Babilonia ha sido infectada con el *virus* de la arrogancia. Con esa actitud, a ella no le importa a quien pisotea: ¡así es la arrogancia! No le importa a quien maldice: ¡así es la arrogancia! Ni le importa lo que el mismo Dios de los cielos diga: ¡así es la arrogancia! Ella sigue diciendo: "Yo, y nadie más. . . . Seré soberana para siempre." (Isaías 47:8; 7).

Bueno, eso fue en el tiempo de Isaías y de Babilonia, pero, ¿Qué pasa en nuestro tiempo? Compañero, para contestar esta pregunta, es necesario que nos traslademos a nuestro tiempo; a nuestro Continente y,... tristemente nos encontramos con que el *virus* de la arrogancia está enfermando a algunos de nuestros conocidos. Tal es el caso de un buen amigo, al que llamaré Pedro. Cuando lo conocí noté que era muy listo, que se las ingeniaba para lograr sus propósitos de una manera asombrosa, así pasara por encima de la autoridad y honestidad que sus padres tenían. Pedro siempre se salía con las suyas. En el salón de clases controlaba a los maestros. En los juegos él ponía las reglas. En las conquistas amorosas era el número uno. En asuntos de manejar y conocer las reglas de tráfico, nadie lo superaba. En criticar y blasfemar a sus semejantes, también era el número uno. Y en cuanto a su arrogancia y carácter explosivo, nadie lo superaba. Por la gracia de Dios, Pedro se gradúo de la Escuela Bíblica en México. Fue profesor de dos Instituciones religiosas una en México y otra en Estados Unidos. Por la misma gracia

---

22   Felipe Cortés, Ricardo Crane, Vladimir Rodriguez y Jorge Sobarzo. *Psicología: Conceptos psicológicos prácticos para el obrero cristiano.* (Miami, Florida. Editorial Unilit. 2003), 173

de Dios llegó a ser pastor de una iglesia en los Estados Unidos de América.

Sin embargo, la *medicina* (la gracia de Dios) solamente había calmado el *virus* de la arrogancia en Pedro, pues en el primer cambio de "temperatura" espiritual, Pedro, que dejó de tomar la *medicina divina*, se volvió a enfermar y su arrogancia se manifestó tal y como se había manifestado en otras ocasiones, sólo que ahora fue un poco más fuerte la recaída y Pedro, no sólo tuvo que dejar la iglesia, sino a su familia; se divorció y se ausentó del resto de la familia.

Antes de que Pedro se retirara por completo de su familia, en su arrogancia, me insultó y comentó con otro miembro familiar que él nos controlaba a todos; que él podía hacer lo que quisiera sin que nadie se lo impidiera. Que él tenía el control familiar y de todos aquellos que lo rodeaban. En otras palabras, Pedro decía para sí mismo: "'Yo, y nadie más' será como Pedro."

La realidad de todo esto es que, Lucifer fue sacado de las mansiones celestiales (Isaías 14:12). Que Babilonia fue destruida (Daniel 5: 17-31). Y que Pedro murió espiritual y socialmente para Dios y para su familia, además de otros conocidos, como los hermanos de la Iglesia Cristiana que él pastoreaba. ¿Y todo por qué? ¡Todo por causa de su arrogancia! Una vez más conformamos que la arrogancia es una terrible y peligrosa actitud: Una actitud maligna. Vale pues la pena que nos preguntemos:

¿Qué es la arrogancia?
¿Qué acciones provoca la arrogancia?

I.-   Control desenfrenado.

"Sobre el anciano hiciste muy pesado tu yugo"
(Isaías 47:6).

II.-   Actuación sin razonamiento.

"Y dijiste: 'Seré soberana para siempre.'
No consideraste esto en tu corazón,
ni te acordaste de su resultado" (Isaías 47:7)

III.- Razonamiento sobre sabiduría y conocimiento engañoso.

"Tu sabiduría y tu conocimiento te han engañado"
(Isaías 47:10).

¿Cuáles son las consecuencias de la arrogancia?

I.-   Viudez/soledad.

"Pero estas dos cosas vendrán de repente
sobre ti en un mismo día:
pérdida de hijos y viudez. . . . No hay nadie
que te salve" (Isaías 47:9, 15).

II.-   Egolatría destructiva.

"Te sentiste segura en tu maldad y dijiste: "Nadie
me ve.". . . Pero un mal vendrá sobre ti que no
sabrás conjurar; caerá sobre ti un desastre que no
podrás remediar; vendrá de repente sobre ti una
destrucción que no conoces" (Isaías 47:10-11).

III.- Necedad idólatra.

> "Permanece ahora en tus encantamientos
> y en tus muchas hechicerías
> en las cuales te has ocupado desde tu juventud;
> [porque] no hay nadie [de tus amigos]
> que te salve"
> (Isaías 47:12,15).

¿Cómo se libra uno de la arrogancia?

I.-   Humíllate delante del Señor Jesucristo.

> "Humillaos en la presencia del Señor y
> Él os exaltará" (Santiago. 4:10).

II.-   Acepta su perdón.

> "Y nos mandó predicar al pueblo, y testificar con
> toda solemnidad que este Jesús es el que Dios ha
> designado como juez de los vivos y de los muertos.
> De este dan testimonio todos los profetas, de que
> por su nombre, todo el que creé en El recibe EL
> Perdón de los pecados" (Hechos 10:42-43). (*Las
> mayúsculas son mías).*

III.- Vive la nueva vida; una vida llena del amor de Dios.

> "De modo que si alguno está en Cristo,
> nueva criatura es; las cosas viejas pasaron [entre
> ellas la arrogancia]; he aquí, son hechas nuevas"
> (2 Corintios 5:17).

Conclusión.

Ciertamente lo que hemos escuchado hoy de parte de Dios en la boca del profeta Isaías, no es nada agradable; más bien, es algo terrible, es el juicio de una Gran Ciudad, pero más que eso, es el juicio o la consecuencia de ser arrogantes ante Dios y ante la sociedad cristiana. La bendición es que aun Dios sigue trabajando; la gracia de Dios no se ha agotado, todavía continúa ayudarnos a controlar esos deseos o pasiones pecaminosos porque, Dios, en Su Soberanía, se ha propuesto establecer su reino entre Su pueblo, ¡y lo hará!

Termino esta meditación con una advertencia: ¡No abusemos de la gracia y misericordia de Dios! Puede ser que un día no muy lejano, ambas virtudes de Dios se retiren de nuestras personas, y entonces, nos encontraremos en los mismos peligros en los que están los arrogantes.

¡Cuidado!

Sobre Arena

Nuestro Redentor, el SEÑOR de los ejércitos es su nombre, el Santo de Israel. Siéntate en silencio y entra en las tinieblas, hija de los caldeos, porque nunca más te llamará soberana de los reinos.

Ahora pues, oye esto, voluptuosa, tú que moras confiadamente, que dices en tu corazón: "Yo, y nadie más. No me quedaré viuda, ni sabré de pérdida de hijos." Pero estas dos cosas vendrán de repente sobre ti en un mismo día: pérdida de hijos y viudez. Vendrán sobre ti en toda su plenitud a pesar de tus muchas hechicerías, a pesar del gran poder de tus encantamientos.

Te sentiste segura en tu maldad y dijiste: "Nadie me ve." Tu sabiduría y tu conocimiento te han engañado, y dijiste en tu corazón: "Yo, y nadie más."

Isaías 47:4-5; 8-10; 13-15

Compañero, ¿ahora qué pasa? ¡Oh, no, no es posible! Tan cómodos que estábamos en este lugar. ¡A caminar! Nuestro guía quiere que seamos testigos oculares de la opulencia de "La Gran Babilonia" y por ello, nos invita a que le sigamos; se dirige a Babilonia. Ya lo hicimos, ya estuvimos en Babilonia, ¿lo recuerdas? Compañero, ¿lo recuerdas? Bueno, ya que el profeta se adelantó los casi cien años, y ahora en espíritu quiere que viajemos los casi 1300 kilómetros que es la distancia aproximada entre

Jerusalén y Babilonia, ¡pues, los recorreremos espiritualmente y al mismo tiempo, nos adelantamos al tiempo de Isaías!

¡Y aquí estamos! Aquí nos encontramos en la gran ciudad de Babilonia. Y aquí, junto a la gran puerta que se sostiene con los grandes muros que rodean la ciudad, seguimos escuchamos al profeta pronosticar el desastre de esta hermosa ciudad; Compañero, recuerda, el profeta pronostica el juicio sobre Babilonia por su arrogancia.

De momento, mientras escuchaba al profeta pronunciar estas terribles palabras, mi mente voló hasta el tiempo de Jesucristo; - perdón, compañero por dejarte en Babilonia -, llegó, pues, mi mente, a aquel día en que el Señor Jesús predicó "el discurso más largo y más completo de los que registra la Palabra de Dios como salidos de la boca de nuestro Salvador".[23] Este mensaje de Jesús: "Probablemente haya sido pronunciado en la primavera del año 28, después de que Jesús hubo pasado una noche en oración (Lucas 6:12). . . . [en una] elevación [que] está ubicada a unos seis y medio kilómetros al oeste del Mar de Galilea y a unos trece kilómetros al suroeste de Capernaum".[24] La conclusión de su mensaje fue hecha con una parábola; la parábola de los dos cimientos. La cual dice así:

> "Por tanto, el que me oye y hace lo que yo le digo, es como un hombre prudente que construyó su casa sobre la roca. Vino la lluvia, crecieron los ríos y soplaron los vientos contra la casa; pero no cayó, porque tenía su base sobre la roca. Pero el que me oye y no hace lo que yo digo, es como un tonto que construyó su casa sobre la arena. Vino la lluvia, crecieron los ríos, soplaron los vientos y la casa se vino abajo. ¡Fue un gran desastre!"
> Mateo 7:24:27 (Versión Popular, 1979).

---

[23] Matthew Henry. *Comentario Exegético-Devocional a toda la Biblia: Mateo*. Trd. Francisco Lacueva. (Terrassa (Barcelona), España. Editorial CLIE. 1984), 61.

[24] Guillermo Hendriksen. *Comentario del Nuevo Testamento: El Evangelio Según San Mateo*. (Grand Rapids, Michigan. Distribuido por T.E.L.L. 1986), 271.

¿Y qué tiene que ver el mensaje de Jesús con La Gran Babilonia? La conclusión del mensaje de Jesús fue con una parábola y de una manera similar, compañero, quiero que veas a Babilonia. Esta gran ciudad fue construida geográficamente en el Valle de Sinar – actualmente Irak - y edificada espiritualmente con diversos consejos místicos, entre ellos la hechicería, los encantamientos, los consejos de los magos y de los astrólogos. De esta manera pues, cada decisión de los gobernantes era en base a la consulta y la dirección de las estrellas o de las Ciencias Ocultas que en Babilonia se creían y se practicaban. Es decir que: "La religión babilónica es la variante más conocida de un sistema de creencia complejo y altamente politeísta que era común a lo largo de Mesopotamia. De los miles de dioses reconocidos, solo unos 20 eran importantes en la práctica"[25] en la ciudad de Babilonia; algunos de ellos fueron Anu, Enlil, Era, Marduk, Ea y los dos de los que ya he mencionado antes: Bel y Nabu.

¿Te das cuenta? Babilonia era una ciudad religiosa. La religión predominante era la Ciencia Oculta.[26] Aunque son

---

[25]   Leticia Calcada. *Diccionario Bíblico Ilustrado Holman. Religión de Babilonia*, 194

[26]   Existen diferencias entre lo que el Campo Científico; la ciencia, y entre lo que es la Ciencia Cristiana y las Ciencias Ocultas. "… ciencias ocultas es el nombre con que se conoce a una serie de creencias y prácticas mistéricas que desde la antigüedad pretenden penetrar y dominar los secretos de la naturaleza y desarrollar los poderes ocultos del ser humano". (las ciencias ocultas. La Habra, California. Internet. Consultado el 23 de diciembre del 2015), 1. http://www.taringa.net/posts/info/2540310/Las-ciencias-ocultas.html. Ciencia Cristiana es un movimiento ocultista. "Su fundadora María Bakey Eddy, fue originalmente una practicante ocultista. Proclamó la teoría de que la muerte y la enfermedad pueden ser vencidas por los poderes de la mente que se haya en nosotros;…" (Kurt E. Koch. *Diccionario del diablo*. Terrassa (Barcelona), España. Editorial Clie. 1970), 30. "La ciencia sólo reconoce leyes naturales y conceptos puramente humanos; está apegada al mundo material… tan sólo pretende tratar de lo inteligible y racional. Lo sobrenatural, lo trascendente, lo demoniaco y lo divino, están fuera de sus investigaciones". (Kurt E. Koch. *Diccionario del diablo*, 14.

ciencias muy antiguas, no por eso es verdad lo que se enseña
y practica en ellas como algunos nos quieren hacer creer con
el famoso dicho: "Esta es una de las Ciencias más antiguas;
y la antigüedad tiene valor". De que tiene valor, no lo dudo,
pero de que tenga la verdad absoluta, ¡ese es otro cantar! Esas
prácticas religiosas son llamadas Ciencias Ocultas. Ciencias que
la misma historia se ha encargado de desmentir su efectividad,
son ciencias deficientes. Y a pesar de ello, haciendo un vuelo
rápido hacia América del Norte, no encontramos nuevamente
con esas ciencias, sólo que en el mundo del siglo XXI, algunos
teólogos "cristianos" las llaman por el nombre de La Nueva Era.
Walter Mercado es de los muchos astrólogos de hoy día que,
al igual que los llamados sabios de Babilonia que la hicieron
caer en la ruina, Walter, está causando la caída inminente del
gran imperio llamado Estados Unidos de América. Sus consejos
y predicciones con base en diferentes tarots y, los supuestos
mensajes de las estrellas que anuncia; distribuidos en los
periódicos y revistas de la nación, en la radio y en la televisión
en diferentes idiomas, especialmente en inglés y español, están
enajenando las mentes de los estadounidenses.

Walter está dando consejos positivos, nunca predice mal ni
destrucción, ni habla sobre el pecado; esa palabra no existe en
su vocabulario ni en sus tarots. Siempre habla de prosperidad
en el amor, en el dinero, en el trabajo, y de buena salud. Y,
a pesar de sus predicas, la sociedad estadounidense vive sin
amor; los divorcios son exagerados.[27] Cada día, en USA, somos
más pobres. El desempleo es aterrador (7.3%, 2013). Es cierto

---

[27] El promedio de duración de un matrimonio actual es de siete (7) años,
y uno de cada dos matrimonios termina en divorcio. El setenta y cinco
por ciento (75%) de las personas que se divorcian se vuelven a casar.
Sin embargo, aproximadamente el sesenta y seis por ciento (66%) de las
parejas de segunda unión, que tienen hijos del primer matrimonio, se
separan. (Nos Divorciamos.com *Las alarmantes estadísticas del divorcio*.
(La Habra, California. Internet. Consultado el 21 de diciembre del
2015), 1 http://www.nosdivorciamos.com/

que en el 2015 esta cifra bajó a 4.5% (Nov. 2015), pero si consideramos que de los 315 millones que vivimos en Estados Unidos solamente trabajamos 155, millones, el 4.5% es un porcentaje altísimo de desempleados. ¿Y qué de la buena salud? Cada vez que voy a ver a mis doctores, las secretarias me dan citas en las que tengo que esperar varios días para poder verlos; al parecer, ¡cada día hay más enfermos en los Estados Unidos! Aunque a Walter Mercado le vemos rodeado (en Televisión o periódicos) de velas, y de imágenes de todo tipo; católicas, caldeanas, egipcias, mayas, aztecas y otras de diferentes religiones y ciencias ocultas como el dios vudú. También está rodeado de flores y sobre todo de mucho lujo con sus diferentes y costosas capas – una para cada día -, aun así, nunca he leído algo de él ni escuchado en la televisión de la prosperidad espiritual, de esa prosperidad que sí ayuda a los seres humanos a superarse; de esa enseñanza que les ayuda a vivir de una manera tranquila y con una esperanza que les motiva a ser buenas personas. Es decir, de una enseñanza y practica que venga desde el mismo cielo por medio de sus profetas o siervos de Dios y no de una Ciencia que es terrenal y, como dijera el apóstol Santiago: "animal, diabólica" (Santiago3:15, RV). La Nueva Versión Internacional dice: "... puramente humana y diabólica". Y el Brujo[28] conocido como el *Indio del Brasil*, en este campo, como decía mi abuelita María Pardo: "tampoco toca mal son".

La única diferencia entre Walter Mercado y el Indio del Brasil, es que a Walter le falta la pluma en la nariz y los caracoles y al Indio el lujo de Walter y los tarots. Pero en sus pronósticos y consejos de las Ciencias Ocultas, son exactamente lo mismo que los brujos del Perú; es decir que son falsos, idolatras y oportunistas de las debilidades de los incautos. También el brujo brasileño, está aproximando la destrucción de su país y

---

[28]   *La brujería.* "La brujería no solamente representa uno de los capítulos más oscuros de la Edad Media sino también de hoy día….Muchos inocentes han sufrido terriblemente a causa de esta práctica. (Kurt E. Koch. *Brujería. El Diccionario del Diablo.*), 38.

de los que siguen sus consejos. Los está destruyendo al desviar las mentes y corazones de los habitantes del Dios verdadero y haciéndolos idólatras, ingenuos y servidores del Príncipe de este mundo por medio de las prácticas de las Ciencias Ocultas.

Compañero, tú ya lo sabes, pero te lo repito. Satanás y todos sus servidores humanos, es decir, todos aquellos que practican y enseñan las Ciencias Ocultas, han venido a este mundo; a nuestro país para "robar, y matar y destruir". ¿Por qué? Porque ese es el propósito de su jefe (Juan. 10:10). Su actividad, que realiza por medio de sus siervos, los demonios, de acuerdo al misionero en América Latina, Pablo Hoff, se puede clasificar "en tres aspectos: opresión, obsesión y posesión. Los demonios oprimen a los hombres sembrando pensamientos nocivos en su mente. Los obsesiona controlando su mente. ... Los espíritus malos, cuando posesionan al hombre, moran en la persona y le controlan completamente".[29] Sé que para algunos esto es fanatismo y para otros es una idea muy anticuada; es de la Edad Media, de allá en donde la gente supersticiosa necesitaba ser controlada por la religión. Sin embargo, el Nuevo Testamento habla de espíritus malos entrando a las personas para dominarlas: por ejemplo, el caso del endemoniado gadareno (Lucas 8:26-39). Entonces, ¿pueden los espíritus malos poseer a un ser humano? Y si pueden, ¿cómo le hacen para entran en los seres humanos? La respuesta es una ALERTA a las prácticas, creencias y seguimiento de las Ciencias Ocultas, pues, la posesión demoniaca se presenta en la práctica del vudú y de la cruda idolatría, es allí en donde las personas les rinden culto a los demonios. Además es muy claro en la historia de las Ciencias Ocultas que "brujos y hechiceros", como agentes de Satanás, "se abren a los espíritus a fin de recibir poder".[30] Esta

---

[29] Pablo Hoff. *Teología Evangélica: Tomo I / Tomo 2*. (Miami Florida. Editorial Vida. 2005), 418.

[30] Pablo Hoff. *Teología Evangélica: Tomo I / Tomo 2*. (Miami Florida. Editorial Vida. 2005), 418.

es parte de la razón por la cual un brujo o un hechicero, puede hacer sanidades físicas, aun aquellas que parecen imposibles.

Regresando a la historia; la "Maestra" historia de la cual deberíamos de aprender a quien servir y adorar, por la experiencia que notamos en el correr del tiempo entendemos que los países lugares y ciudades que se han entregado a la práctica y adoración de las Ciencias Ocultas han estado bajo la esclavitud espiritual; han estado bajo las ordenes de los gobernadores de las tinieblas: es decir, de "poderes diabólicos que están gobernando el mundo (Efesios 6:12). Los gnósticos insistían que gobernaban esferas planetarias, y que vigilaban a los hombres y sus destinos".[31] En el quehacer teológico no solamente los "vigilan" sino que los esclavizan.

Un ejemplo muy claro es el que nos presenta el profeta Isaías en este mensaje. A Babilonia, no la salvaron sus brujos y hechiceros del juicio de Dios. Hoy día, el Valle de Sinar está desértico; solamente existen las ruinas que anuncian que allí existió una populosa ciudad. Notaste esto, ¿verdad, compañero? ¿Y, sabes qué? Lamentablemente, Walter Mercado, con todo su maquillaje, lujos, tarots y cadena de síquicos, no puede salvarte de la acción del "SEÑOR de los ejércitos". No lo puede hacer porque él mismo está caminado sobre peligrosas arenas espirituales. Ha fundado su casa espiritual sobre las arenas de las Ciencias Ocultas.

Entonces, pues, compañero, solamente tienes dos opciones: construir tu vida sobre la arena de las Ciencias Ocultas de la llamada Nueva Era o sobre la Roca quien es el Dios de nuestro guía por estas tierras del Oriente.

Si decides edificar tu casa espiritual sobre la arena,
estas son las consecuencias.

---

[31]   Raúl Caballero Yoccou. *Comentario Bíblico del Continente Nuevo: Efesios*. (Miami, Florida. Editorial Unilit. 1992), 237.

I.-   Engaño.

> "Te sentiste segura en tu maldad y dijiste:
> 'Nadie me ve.' Tu sabiduría y tu conocimiento
> te han engañado, y dijiste en tu corazón:
> 'Yo, y nadie más'."
> (Isaías 47:10).

II.-   Impotencia.

> "Pero un mal vendrá sobre ti que no podrás conjurar;
> caerá sobre ti un desastre que no podrás remediar;
> vendrá de repente sobre ti una destrucción que no
> conoces. Que se levanten ahora los que contemplan
> los cielos, los que profetizan por medio de las
> estrellas, los que pronostican cada luna nueva, y te
> salven de lo que vendrá sobre ti (si es que pueden)"
> *(Isaías 47:11; 13b).*

III.- Fatiga.

"Estas fatigada por los muchos consejos"
(Isaías 47:13a).

IV.- Condenación eterna.

"He aquí ellos se han vuelto como rastrojo,
el fuego los quema;
No librarán sus vidas del poder de la llama"
(Isaías 47:14).

Ahora bien, con estas cuatro consecuencias negativas, ¿qué harás? Lo más seguro es que desde hoy y por la eternidad – si no cambias de actitud, de prácticas y de adoración -, mi estimado compañero de viaje, te sentarás sobre el polvo, en la tierra, sin trono, porque nunca más serás restaurado; nunca volverás a ser el mismo (Isaías 47:1). ¿Es eso lo que quieres para tu vida? ¡Nooo, ¿verdad?! Yo sé que eso no es lo que tú deseas. ¿Cierto? Tú no quieres edificar tu vida sobre las arenas de la Nueva Era, sino sobre la Roca Eterna, ¿verdad? Entonces acude por ayuda y adora al Dios de Isaías, el cual es:

Nuestro Redentor, el Señor de los
ejércitos es su nombre, El Santo de Israel.
Isa. 47:4

¡Ah, Si Tan Sólo. . .!

Así dice el Señor, tu Redentor, el Santo de Israel:
Yo soy el Señor tu Dios, que te enseña para tu
beneficio, que te conduce por el camino en que
debes andar.
¡Si tan sólo hubieras atendido a mis mandamientos!
Entonces habría sido tu paz como un río. Y tu
justicia como las olas del mar.
Sería como la arena tu descendencia, y tus hijos
como sus granos; nunca habría sido cortado ni
borrado su nombre de mi presencia.

Isaías 48:17-19

Viajando en el espíritu, llegamos desde Babilonia hasta
las mismas puertas de la ciudad de Jerusalén. Fue un
largo viaje pero valió la pena que estuviésemos en
Babilonia, pues fuimos testigos de la condición espiritual en la
que se encuentran los babilonios. ¡Qué terrible condición! Los
babilonios necesitan edificar sus casas sobre La Roca espiritual;
¡sobre el Dios de Isaías! ¿Estás de acuerdo conmigo, compañero?

Al llegar a Jerusalén continuamos siguiendo a nuestro guía
espiritual; el profeta Isaías. Es un guía incansable. No tenemos
mucho tiempo de haber llegado y ya está reprendiendo al pueblo
por su obstinación y por ser duros como el hierro en su cerviz.

El profeta los ve con un orgullo que les hace ver su frente como de bronce (Isaías 48:4). Es decir, que en este nuevo viaje hasta Jerusalén encontramos que el pueblo sí creía en su Dios, sí confesaba que Jehová era su Dios, sí hablaba bien de Dios y aun confiaban en El (Isaías 48:1-2), sin embargo, no estaban ubicados en sus consejos; en sus palabras y deseos divinos.

Compañero, mientras seguimos escuchando lo que dice nuestro guía, en voz baja, para no interrumpirlo, te cuento una triste historia que tiene mucho que ver con lo que está pasando con los habitantes de Jerusalén.

En el mes de junio de 1997, estuve en la ciudad de Córdoba, Veracruz, en una reunión de los exalumnos del Centro Educativo Indígena. Había un buen grupo de ellos presentes, aunque la mayoría estaban ausentes. Entre los que faltaron estaba Andrés Pérez,[32] un joven que nunca pudo ubicarse ni como estudiante, ni como pastor, ni como esposo. Andrés, llegó al Centro Educativo Indígena (Escuela Bíblica y Misionera)[33] desde una ciudad en el estado de Veracruz, México. Hizo su profesión de fe en una predicación que fue expuesta por un profesor de la Institución cordobesa. Como estudiante, fue muy inquieto. Casi nunca prestó atención a las clases de Biblia y teología. Salía a visitar las misiones como lo hacían todos los otros estudiantes del CEI pero era sólo para acompañar al que predicaba. Él nunca quiso predicar.

Por algún tiempo, Andrés, al que nunca le gustaba predicar, se quedó como el responsable de la *Iglesia Bautista* en Niltepec, Oaxaca, México, un pueblo muy cerca del Puerto de Salina Cruz, en la costa del Océano Pacífico. Él era el Pastor de la

---

[32]   Por respeto a mi ex-alumno, le he cambiado el nombre.

[33]   Lea la historia de esta Institución en mi libro titulado: *Centro Educativo: Libro UNO: su fundación e historia* que muy pronto estará en circulación.

naciente Iglesia de Niltepec. Y, ¡Sorpresa! ¡Lo estaba haciendo muy bien!

Sin embargo, de repente dejó la iglesia y se fue a su tierra; a su ciudad. Se casó. Se apartó de la iglesia. Se metió en problemas económicos con la tienda Sears, y por fin fue a parar a la cárcel de esa ciudad. Dentro de esa Institución, aun sin ubicarse, se metió otra vez en problemas, esta vez fueron más serios y al fin lo trasladaron a la cárcel de las Islas Marías.

¡Sí tan sólo, Andrés, hubiese retenido en su mente y en su corazón las enseñanzas de su Redentor! ¡Ellas le hubieran ubicado! Porque sus enseñanzas son para nuestro beneficio. Sí, ¡sí tan sólo hubiese atendido a los mandamientos de Dios, Andrés, no hubiese perdido una posición pastoral, una familia (su esposa y su bebé), un lugar en la familia de Dios y una paz abundante como las aguas de un gran río!

Lamentable historia. Pero más triste es que Andrés no ha sido el único en la historia del pueblo de Dios que se ha desubicado, la nación de Israel, en tiempos del profeta Isaías, también lo hizo. Recuerdo que cuando caminaba por las diferentes sierras del Sureste de la República mexicana, algunos de mis acompañantes se desubicaban; perdían el sentido de dirección, especialmente cuando caminábamos bajo los grandes árboles en donde no podíamos ver camino a grandes distancias; las ramas de los árboles cubrían en la lejanía el sendero, tal y como las malas informaciones o las verdades a medias del Evangelio de Jesucristo en ocasiones son presentadas, lo que hacen, es confundir, desubicar al escuchante y hacerle perder el rumbo.

Volviendo, pues, al lado del profeta Isaías, le escuché cuando les invitó a reflexionar, en lo que Dios les estaba diciendo por medio de él:

"Óyeme, Jacob, Israel a quien llamé: Yo soy, yo soy el primero y también soy el último. Ciertamente mi mano fundó la tierra, y mi diestra extendió los cielos; cuando los llamo, comparecen juntos. Congregaos, todos vosotros, y escuchad. ¿Quién de entre ellos ha declarado estas cosas? El SEÑOR lo ama; él ejecutará su voluntad en Babilonia, y su brazo será contra los caldeos. Yo, yo he hablado, en verdad lo he llamado, lo he traído; y su camino prosperará" (Isaías 48:12-15).

¡Qué tremenda promesa para Israel! *". . . lo he traído; y su camino prospera"*. Y la única cosa que Dios le pedía al pueblo israelita era que se ubicara en Dios; en sus enseñanzas, en sus consejos y en sus deseos. Es como si Dios les dijera: "Hey, desubicados, aquí estoy. Alcen su ojos sobre las "ramas" y vean el sendero por donde yo quiero que caminen".

¡Ah, compañero, si tan sólo nos ubicáramos en el Dios de Israel! Nuestro peregrinar por esta tierra sería completamente distinto al de Andrés o al que estaba llevando la nación judía en tiempos del profeta Isaías, oh, nuestra vida, tal vez, sería diferente a la estamos viviendo. ¿No lo cres así, compañero? ¿Verdad que sí? Sería un caminar con Dios bajo sus consejos, enseñanzas y sus deseos. Luego pues, la pregunta lógica para esta ocasión es:

¿Cómo podemos ubicarnos?

En ocasiones no es fácil ubicarnos, especialmente cuando se entra en la familia de Dios, ya que se entra a un ambiente completamente nuevo. Allí en donde nuestros hábitos tienen que ser modificados. Recuerdas el Capítulo titulado: *¡Qué tremendo cambio!* Capítulo que leímos hace varios días atrás.[34] Fue un

---

[34]   Eleazar Barajas. *Los Antiguos Mensajes del Profeta Isaías en verdades contemporáneas: Libro UNO: Sesenta y nueve meditaciones matutinas.* (Bloomington, Indiana. Editorial Palibrio. 211), 54-63.

tiempo en que me tuve que adaptar a las nuevas reglas. Fue un tiempo muy difícil; de esos que uno llama "agridulces", porque fue una gran satisfacción estar en el Seminario de Puebla, pero, ¡había muchas reglas que cumplir!

Sin embargo se puede lograr la ubicación, ¡Yo lo hice! Se puede SI SON TAN SÓLO. . .

I.-   Reconoces quien es tu Señor.

> "Cuando Abraham tenía noventa y nueve años,
> el Señor se le apareció, y le dijo: Yo soy Dios
> todopoderoso; anda delante de mí y se perfecto"
> (Génesis 15:1).

> "Y dijo Dios a Moisés: Yo soy el que Soy. Y añadió: Así dirás a los hijos de Israel: 'Yo Soy me ha enviado a vosotros.' Dijo además Dios a Moisés: Así dirás a los hijos de Israel: 'El Señor, el Dios de vuestros padres, el Dios de Abraham, el Dios de Isaac y el Dios de Jacob, me ha enviado a vosotros.' Este es mi nombre para siempre, y con él se hará memoria de mi de generación en generación" (Exodo 3:14-15).

> "Así dice el Señor, tu Redentor, el Santo de Israel:
> Yo soy el Señor tu Dios,. . ." (Isaías 48:17).

II.-   Si tan sólo reconoces que los mandamientos de tu dios, por muy difíciles que parezcan ser, son para beneficio personal.

> "Yo soy el Señor tu Dios, que te enseña para tu
> beneficio, que te conduce por el camino en que
> debes andar" (Isaías 48:17).

III.- Si tan sólo reconoces que tu Dios, te muestra el verdadero camino de paz, justicia y prosperidad.

"Entonces habría sido tu paz como un río y tu
justicia como las olas del mar.
Sería como la arena tu descendencia, y tus hijos
como sus granos" (Isaías 48:18-19).

IV.- Si tan sólo reconoces que tu nombre está escrito en el libro de Dios ante su presencia.

"Entonces los que temían al Señor se hablaron unos a otros, y el Señor prestó atención y escuchó, y fue escrito delante de Él un libro memorial para los que temen al Señor y para los que estiman su nombre" (Malaquías 3:16).

"Así el vencedor será vestido de vestiduras
blancas y no borraré su nombre del libro de la vida,
y reconoceré su nombre delante de mi Padre y
delante de sus ángeles" (Apocalipsis 3:5).

¿Te das cuenta? La única manera de ubicarse espiritualmente es: SI TAN SOLO uno hace una autoevaluación de la relación con Dios nuestro Redentor y los beneficios que en El encontramos. Si logramos una ubicación espiritual, no te sorprendas que también logremos una ubicación social y cultural. ¿Por qué? Porque la Redención que encontramos en Dios es total; no es parcial, Dios no nos redime de una sola parte – por ejemplo, no redime solo lo espiritual -, todo nuestro ser es redimido: "Por tanto, si alguno está en Cristo, es una nueva creación. ¡Lo viejo ha pasado, ha llegado ya lo nuevo!" (2 Corintios 5:17, NVI). Y al ser ubicados en esta nueva creación, entonces, "todo nuestro ser, espíritu, alma y cuerpo", es guardado intachable hasta la segunda venida de Jesucristo (I Tesalonicenses 5:23).

¡Ah, mi estimado alumno, Andrés, oh tú mi compañero de viaje, SI TAN SOLO. . .! Un panorama completamente sería. ¡Ah!, recuerda, ¡puede serlo!

Grabado en las Palmas

Gritad de júbilo, cielo, y regocíjate tierra.
Prorrumpid, montes, en gritos de alegría, porque el
Señor ha consolado a su pueblo, y de sus afligidos
tendrá compasión.
Pero Sion Dijo: El Señor me ha abandonado, el
Señor se ha olvidado de mí.
¿Puede una mujer olvidar a su niño de pecho, sin
compadecerse del hijo de sus entrañas? Aunque
ellas se olvidaran, yo no te olvidaré. He aquí, en
las palmas de mis manos, te he grabado; tus muros
están constantemente delante de mí.
Tus edificadores se apresuran; tus destructores y tus
desbastadores se alejarán de ti.
Levanta en derredor tus ojos y mira; todos ellos
se reúnen, vienen a ti. Vivo yo - declara el Señor -
que a todos ellos como a joyas te los pondrás, y te
ceñirás con ellos como una novia.

Isaías 49:13-18.

El profeta ha terminado su discurso acerca de la infidelidad de la nación de Israel, les ha dado las pautas para que se ubiquen y sigan al Dios verdadero. En cuanto terminó de hablar comenzó a caminar en dirección al muro de la ciudad.[35] Se paró frente al alto muro y allí pronunció este nuevo mensaje. Es un mensaje en el que Isaías les recuerda a los israelitas que ellos son parte importantísima en la administración de Dios. Ellos son parte importante de la economía de Dios. Cuando ellos pensaban que Dios los había abandonado porque el profeta Isaías les había anunciado que serían llevados al cautiverio babilónico, Dios les hace la siguiente pregunta: "¿Puede una mujer olvidar a su niño de pecho, sin compadecerse del hijo de sus entrañas?" Y, luego, fíjate, compañero, lo que agrega: "Aunque ellas se olvidaran, yo no te olvidaré. He aquí, en las palmas de mis manos, te he grabado; tus muros están constantemente delante de mí" (Isaías 49:15-16). Compañero, esto se llama   AMOR INCONDICIONAL.

La verdad es que para Dios la vida de un ser humano es muy por muy valiosa, es por eso que Dios pregunta: "¿Puede una mujer olvidar a su niño de pecho, sin compadecerse del hijo de sus entrañas? Aunque ellas se olvidaran, yo no te olvidaré" (Isaías 49:15). ¡Tú y yo valemos mucho para Dios! Tal vez para los seres humanos seamos sin valor o de poco valor, pero para Dios no. Lamentablemente existe gente que la vida de un ser humano es cosa insignificante o de estorbo. Leía hace algún tiempo en la Revista de *Selecciones del Reader Digests* una triste historia. Una historia en la que, al parecer, la vida de un ser humano era algo sin valor. Te la cuento.

Waneta Nixon, fue una señora originaria del Condado de Tioga, estado de Nueva York. Fue una persona que creció con la idea que le impuso su madre; era idea al estilo de los antiguos: criar hijos y ser una buena esposa.

---

[35] En los tiempos del profeta Isaías todavía se conservaba el muro que rodeaba la Ciudad de David o la Ciudad de Sion. Como cien años después de Isaías, esos muros fueron derribados por los ejércitos de Nabucodonosor y sus puertas fueron quemadas (Nehemías 1:3).

Tim Hoyt, quien fue vecino de Waneta y tímido al igual que ella. Pero aunque tímido, a los veintiún años de edad se casó con su vecina quien, para esas fechas, ya tenía sus diecisiete primaveras cumplidas. Y fue así que, como los llaman los autores de esta historia: "los tórtolos" llegaron a ser inseparables. Habían nacido el uno para el otro, los vecinos los veían que siempre caminaban tomados de las manos, era una parejita de enamorados, a tal grado que, si Tim se sentaba, ella se sentaba en las piernas de él.

Antes de cumplir su primer año de casados nació su primogénito. Nació el diecisiete de octubre de 1964. Era "un varoncito rubio de 3.2 kilos. Waneta lo llamó Eric". Pero el veintiséis de enero de 1964, Eric, de apenas tres meses y nueve días de edad, misteriosamente murió en su propia casa. El médico diagnostico que Erik murió de: "anomalías congénitas del corazón."

El treinta y uno de mayo de 1966 los Hoyt celebraron el nacimiento de su segundo bebé; Jimmy. Este segundo hijo se veía mucho más saludable que su hermano, era un niñito fuerte y muy alerta. Siguiendo el consejo de su madre, Waneta, estaba otra vez embarazada. Era el verano de 1968 y Jimmy aun no cumplía sus dos años de vida. El diecinueve de julio dio a luz a una niña de 3.2 kilos de peso a la que llamarón Julie. Todo parecía normal en la familia Hoyt, hasta que el cinco de septiembre una vecina escuchó "gritar a Waneta que algo le pasaba a su hija, Julie, de cuarenta días de nacida", la niña no estaba respirando. Julie murió. La explicación de la madre fue que le estaba dando cereal en un biberón y Julie se atragantó y dejó de respirar. El médico forense asentó en el acta de defunción: "atragantamiento al comer cereal".

Tres semanas después del funeral de Julie, Natalie Hilliard, vecina de los Hoyt, vio por la ventana de su casa que su vecina Waneta, cargando a su hijo Jimmy salió de su casa corriendo a la calle mientras gritaba pidiendo auxilio. Cuando llegaron los socorristas a la casa de la familia Hoyt, ¡Jimmy estaba muerto! ¡En sólo veintiún días los Hoyt perdieron a sus últimos dos hijos!

Otra vez se embarazó; el cuarto. Así que el dieciocho de marzo, de 1970, nació su cuarto bebé, fue una nena a la que los Hoyt la llamarón Molly. Como ya era el cuarto bebé y los otros tres habían muerto misteriosamente en casa, entonces, la niña no salió del hospital hasta que le hicieron todos los exámenes necesarios. Todo estaba normal, Molly era una niña saludable. Pero, aun así, a los dieciséis días de haber salido del hospital, ¡Otra vez! Misteriosamente, cuando los paramédicos llegaron a la casa de los Hoyt, por otra llamada de auxilio, "los socorristas la encontraron con la cara amoratada, señal evidente de asfixia". Gracias a Dios que los paramédicos llegaron a tiempo y con la rápida administración de oxígeno, Molly, volvió a la vida.

Para el primero de junio, Molly Hoyt llevaba en el hospital cuarenta y ocho días de sus setenta y cinco de vida. Salió del hospital en los brazos de su madre completamente sana. Todos los exámenes requeridos y cuidados se le administraron y Molly, dio muestras de que había triunfado sobre la muerte. Sin embargo, al siguiente día – no días después, sino al día siguiente - después de haber salido hacia la casa de sus padres, los paramédicos la volvieron encontrar pero, ahora, ¡ya no respiraba! "En los resultados de la autopsia se anotó 'pulmonía' como causa de la muerte".

El nueve de mayo de 1971, nació Noah Hoyt. Noah permaneció dos meses en el hospital sin problemas respiratorios. Durante ese tiempo, en dos ocasiones fue dado de alta, pero al día siguiente regresaba al hospital. Según su madre, era necesario reavivarlo. Pese a todos los cuidados médicos, una vez más, misteriosamente, el miércoles veintiocho de julio de 1971, ¡Noah murió!

El veintitrés de marzo de 1994, treinta años después del nacimiento del primer hijo de los Hoyts, Robert Bleck, policía "encargado de la Jefatura de Newark Valley, le pidió a Waneta que le acompañara a la jefatura de policía. Waneta tenía cuarenta y siete años, pero parecía de cincuenta y siete." Allí, en la jefatura de policía, Waneta confeso haber matado a sus hijos.

A Eric lo asfixió con la almohada porque no dejaba de llorar. A Julie que estaba llorando la apretó contra su hombro hasta asfixiarla. Jimmy, que quería entrar al baño mientras su mamá se estaba vistiendo, lo asfixió con una toalla en la sala. Molly en la misma noche que fue sacada del hospital fue asfixiada con una almohada que estaba en la cuna porque estaba llorando. Noah, también recién llegado del hospital, por el sólo hecho de llorar en su cuna fue asfixiado por su propia madre. Waneta fue declarada culpable de asesinato de sus cinco hijos y le dieron entre quince años de cárcel por cada uno y cadena perpetua.[36]

¡Wauu! ¡Qué historia! ¡Qué madre! – si es que se puede llamar así - Compañero, recuerda lo que he dicho al principio de esta meditación, la verdad es que ni aún para Dios el pago de una vida, por muy alto que sea es suficiente para recobrar el daño causado. Es tan valiosa la vida de un ser humano para Dios que pregunta: "¿Puede una mujer olvidar a su niño de pecho, sin compadecerse del hijo de sus entrañas? Aunque ellas se olvidaran, yo no te olvidaré" (Isaías 49:15). Esta es una de las grandes – aunque todas son iguales, pero esta se ve más grande – promesas de Dios: "Yo no te olvidaré".

¿Te das cuenta? Compañero, nosotros, tú y yo, que hasta este momento estamos con vida, podemos estar seguros que nuestras personas; todo nuestro ser, tu vida y la mía y todo lo que somos, ¡somos de suma importancia para Dios! ¿Por qué? ¿Por qué somos tan valiosos para Dios? Porque nos ama

---

[36] Richard Firstman y Jamie Talan. *Madre sin Entrañas.* (Miami, Florida. Selecciones del Reader's Digest. Enero de 1999), 11-142.

incondicionalmente y ese amor lo ha mostrado al tenernos grabados, tal vez tatuados en su propias manos para estarnos mirando constantemente, recordemos estas palabras: "He aquí en las palmas de mis manos te he grabado" ~ afirma Aquel quien nos ha creado y nos ha conservado la vida hasta hoy día~. ¡Esto es maravilloso! ¡Aleluya!

Y, por si eso fuera poco, el mismo Dios, en cuyas manos tú y yo estamos grabados, dice que:

I.-   Él no se olvida de ti; no se olvida de mí.

> "Tus muros están constantemente delante de mí"
> (Isaías 49: 16b).

II.-   El alejará el peligro de tu persona y de la mía también.

> "Tus destructores y desbastadores se
> alejarán de ti" (Isaías 49:17).

III.- Él te rodeará de victorias, y a mí también.

> "Levanta en derredor tus ojos: todos ellos se
> reúnen (los edificadores), vienen a ti. Vivo yo ~
> declara el Seños ~ que a todos ellos como a joyas te
> los pondrás, y te ceñirás con ellos como una novia"
> (Isaías 49:18).

Es tan apremiante la preocupación y cuidado que Dios tiene de nosotros que aún el salmista se expresó diciendo:

> "Porque aunque mi padre y mi madre me
> hayan abandonado,
> El Señor me recogerá" (Sal. 27:10).

Conclusión

L o prometido es deuda, en la Conclusión del LIBRO DOS, te dije que el LIBRO TRES seguiría el mismo formato literario, que sería otro libro de experiencias espirituales que nos ayudarían a seguir conociendo la tierra que Dios escogió para mostrar su gracia salvadora; la tierra que Dios escogió para su pueblo Israel, al mismo tiempo que nos ayudaría a seguir conociendo y aprendiendo más sobre nuestro excelente guía espiritual.[37] Y así fue, ¿te diste cuenta? Aunque, creo que también lo notaste, en esta ocasión no nos cansamos a tal magnitud como en el LIBRO DOS, hoy fueron más tranquilas nuestras visitas espirituales.

Además de que las visitas espirituales fueron más tranquilas, también fueron menos viajes: ¡Once solamente! Y, por ello, hoy, compañero, quiero que te unas a mi gratitud por estas nuevas experiencia: Gracias a Dios que nos ha permitido tener otras Once Meditaciones sobre el libro de Isaías en este pequeño LIBRO TRES *de Los Mensajes del Profeta Isaías*. En estas experiencias espirituales hemos notado que las promesas de Dios nunca fallan, que cuando Dios llama a alguien para que le

---

[37] Eleazar Barajas. *Los Antiguos Mensajes del Profe Isaías en Verdades Contemporáneas.* (Bloomington, Indiana. Editorial Palibrio. 2012), 253-254.

sea su siervo, Dios mismo se compromete incondicionalmente a ayudarlo; y le provee todo lo necesario para salir victorioso.

Entre esas buenas noticias, también encontraos las negativas; nos dimos cuenta de lo peligroso que es la arrogancia, el caminar sobre las arenas de las Ciencias Ocultas y de lo "negro" que es el corazón humano a tal grado de que una supuesta madre pueda matar a sus propios hijos sin tener ningún remordimiento.

¿Qué nos espera para el LIBRO CUATRO? Bueno, todavía tenemos las Meditaciones Matutinas sobre los capítulos 50 al 66. Es decir que, nos esperan otras grandes experiencias espirituales. Espero que no te las pierdas, el borrador del LIBRO CUATRO ya está casi listo para ser enviado a la Editorial. Por lo pronto, te deseo bendiciones en Cristo Jesús.

Eleazar Barajas
La Habra, California
Diciembre 24 del 201

Bibliografía

Anderson, T. Neil. *Rompiendo las cadenas: Venciendo: pensamientos negativos, sentimientos irracionales y costumbres pecaminosas.* Trd. Manuel y Ruth López. (Puebla, México. Impreso en los talleres de AVAL. 1991).

Caballero, Raúl Yoccou. *Comentario Bíblico del Continente Nuevo: Efesios.* (Miami, Florida. Editorial Unilit. 1992).

Calcada, S. Leticia: Edición General: *Diccionario Bíblico Ilustrado: Holman.* (Nashville, Tennessee. Editorial B&H Publishing Group. 2008).

Cortés, Felipe, Ricardo Crane, Vladimir Rodriguez y Jorge Sobarzo. *Psicología: Conceptos psicológicos prácticos para el obrero cristiano.* (Miami, Florida. Editorial Unilit. 2003).

Hendriksen, Guillermo. *Comentario del Nuevo Testamento: El Evangelio Según San Mateo.* (Grand Rapids, Michigan. Distribuido por T.E.L.L. 1986).

Henry, Matthew. *Comentario Exegético-Devocional a toda la Biblia: Mateo.* Trd. Francisco Lacueva. (Terrassa (Barcelona), España. Editorial CLIE. 1984).

Hill, Napoleón. *Cómo superar el fracaso y obtener el éxito.* (San Bernardino, California. Sin Casa Editorial. 2015), Página de Introducción.

Hoff, Pablo. *Teología Evangélica: Tomo I / Tomo 2.* (Miami Florida. Editorial Vida. 2005).

Himnario Bautista. (El Paso, Texas. Casa Bautista de Publicaciones.1978).

Josefo, Flavio. *Antigüedades de los judíos: Tomo II.* (Terrassa (Barcelona), España. Editorial Clie. 2004).

Koch, Kurt E... *El Diccionario del Diablo.* Trd. Samuel Vila. (Terrassa (Barcelona), España. Editorial Clie. 1970).

McIntoch, Gary L. y Samuel D. Rima. *Como sobreponerse al lado oscuro del Liderazgo: La paradoja de la disfunción personal.* Trd. Belmonte Traductores. (Lake Mary, Florida. Publicado por Casa Creación. 2005).

Scazzero, Peter. *Espiritualidad Emocionalmente Sana: Es imposible tener madurez espiritual si somos inmadurez emocionalmente.* (Miami, Florida. Editorial Vida. 2008).

Selecciones del Reader's Digest. Enero de 1999. Miami, Florida.

Yourcenar, Marguerite. *Memorias de Adriano.* Círculo de Lectores. (Bogotá, Colombia. Editorial Minotauro. 1984), 71.

Printed in the United States
By Bookmasters